매니지
먼트의
제왕

**매니지
먼트**의
제왕 5

초판 1쇄 인쇄일 2017년 11월 16일 l **초판 1쇄 발행일** 2017년 11월 21일

지은이 펜쇼 l **펴낸이** 곽동현 l **담당편집 팀장** 이범수
편집부 신연제 김예리 이윤아 홍현주 김유진 조서영 임소담 정요한 김미경 박수빈

펴낸곳 (주)조은세상 l **출판등록** 제 2002-23호
주소 경기도 연천군 미산면 청정로 1355
TEL 편집부 02)587-2966 l FAX 02)587-2922
e-mail bukdu@comics21c.co.kr

펜쇼 ⓒ 2017
ISBN 979-11-6171-416-5 l ISBN 979-11-6171-198-0(set) l 값 8,000원

매니지먼트
먼트의
제왕

5

NEO MODERN FANTASY STORY

펜쇼 현대판타지 장편소설

(주)좋은세상

펜쇼 현대판타지 장편소설

NEO MODERN FANTASY STORY

CONTENTS

펜쇼 현대판타지 장편소설

NEO MODERN FANTASY STORY

CONTENTS

매니지먼트의 제왕

1장. 음악밖에 없다

정문복은 프로듀싱 101 시즌2에서 많은 남성 팬들의 지지를 받았던 래퍼였다.

아쉽게도 27위로 떨어졌던 래퍼이기도 했다.

'사연이 많은 사람이지……'

정문복은 일종의 '재기의 아이콘'이었다.

어릴 적 최강스타K에 출연하여 굴욕 영상과 함께 놀림감으로 전락하며 커다란 트라우마를 겪었지만, 이후 프로듀싱 101 시즌2에 출연하여 재기에 성공한 인물이기 때문이었다.

정호가 정문복의 메일을 보며 생각했다.

'그런데 왜 나한테 메일을…… 설마 유앤유에서 나온

건가……?'

프로듀싱 101 시즌2 당시, 정호는 정문복의 영입을 적극적으로 원했다.

이전의 시간에서 정문복이 톱급 연예인으로 성장했기 때문이 아니었다.

비록 톱스타의 반열에 오르지는 못했지만, 각종 음원에 피처링 멤버로 참여하여 자신만의 개성을 드러내며 적지 않은 수익을 올리는 래퍼가 된다는 점이 매력적이기 때문이었다.

그건 다시 말하자면 회사에 안정적인 수익과 성과를 제공한다는 뜻이었다.

뿐만 아니라 끈기가 넘치는 정문복의 성격은 그를 더욱 매력적이고 돋보이게 하는 장점이었다.

다만 정호는 갑자기 과거의 일이 떠올라 씁쓸하게 웃었다.

'한경수가 원하는 인물이기도 했고……. 그래서 무리를 해서 영입을 하려다가 신뢰 포인트를 정도에 넘는 방식으로 사용했지…….'

씁쓸한 과거였고 정호가 여전히 많이 반성을 하는 일이기도 했다.

이 일 덕분에 더 나은 사람으로 거듭난 것도 사실이었지만.

어쨌든 결과적으로 정문복을 향한 정호의 영입 제안은 유앤유와의 계약 관계와 유앤유에 소속된 아웃라이더에 대한 존경심을 이유로 거절당한 바 있었다.

'그런데 갑자기 다시 연락을 해 오다니……. 무슨 일이 생긴 건가……?'

확실히 정호의 기억에 따르면 정문복은 유앤유에서 데뷔를 하지 않았다.

그래서 정호는 시간이 날 때마다 정문복의 계약 기간을 체크했다.

프로듀싱 101 시즌2 당시의 계약 기간이 1년 반 정도 남은 상태였기 때문에, 계약 기간만 만료되면 자신에게도 기회가 생길 것이라고 생각했다.

하지만 아쉽게도 기회는 생기지 않았다.

연예계 소식에 밝은 연예부 기자 예중태의 정보에 따르면, 정문복이 유앤유와 재계약을 했다는 것이었다.

예중태의 정보는 적중율이 90%에 육박했다.

그래서 정호는 정문복의 영입을 잠정적으로 포기했다.

더 이상 기다리는 것은 시간 낭비였다.

'그랬는데 이런 연락이 오다니……. 중태 씨의 정보가 틀린 걸까……?'

정호는 전화기를 들어 메일에 적혀 있는 번호로 전화를 걸었다.

어차피 고민해 봐야 답은 나오지 않았다.

이럴 때는 직접 확인해 보는 것이 가장 빨랐다.

한참 통화 연결음이 이어지고 정문복이 전화를 받았다.

"여보세요?"

"안녕하세요, 청월 엔터테인먼트의 오정호 부장입니다. 메일 받고 연락드렸습니다. 정문복 씨 맞으신가요?"

◇ ◆ ◇

정문복이 청월을 방문했다.

잠시 후, 정호는 정문복과의 독대를 통해 상황을 파악할 수 있었다.

정호가 놀라며 물었다.

"아웃라이더에게 그런 일이……?"

정문복의 말에 따르면 최근 1년간 아웃라이더는 극심한 슬럼프를 겪고 있었다.

갑작스레 찾아온 슬럼프였고, 이 슬럼프로 인해 아웃라이더는 돌아온다는 기약 없이 음악 활동 중단을 해야만 했다.

'어쩐지…… 새 솔로 앨범의 발매는 둘째 치고 아예 비트 자체가 음원에서 돌아다니질 않더라니…….'

문제는 아웃라이더의 이런 상황을 유앤유가 이해하지 못했다는 것이었다.

회사의 성장이 주춤하자 조급해진 유앤유는 방황하는 아웃라이더에게 어서 비트를 찍으라며 강요하기 시작했다.

자연스럽게 아웃라이더는 더 큰 고통을 받았고 결국 갈등의 골이 깊어진 유앤유와 아웃라이더는 서로를 고발하는 상황에 이르렀다.

"저를 비롯한 아웃라이더 형의 모든 지인들은 충격을 받았어요. 이런 문제가 벌어졌을 때 회사를 상대로 이길 방법이 전혀 없더라고요. 갑자기 찾아온 슬럼프는 어떤 연예인도 어쩔 수 없는 건데……."

정문복은 아웃라이더가 안타까운 모양이었다.

확실히 정문복의 말대로 연예인의 슬럼프는 소송 대상이 아닌 회사 차원에서 보호하고 캐어해 주어야 할 부분이었다.

그게 회사가 소속 아티스트를 위해 해줄 수 있는 일이었다.

하지만 결국 승소한 쪽은 유앤유였고 패소한 쪽은 아웃라이더였다.

계약서 문제였다.

"아웃라이더 형은 기나긴 법정 싸움의 패소로 파산 직전에 이르렀어요. 저는 이 과정에서 큰 환멸을 느끼고 유앤유와의 계약을 파기했습니다. 회사에서도 저를 쉽게 놓아주더군요. 어차피 아웃라이더 형이 없으면 저는 아무런 가치도 없다며…… 뭐, 위약금 자체가 워낙 적기도 했고요."

정문복의 긴 이야기가 끝이 났고, 정호는 이전의 시간에서 정문복이 유앤유를 어째서 떠났는지 확실히 알 수 있었다.

'그래서…… 다른 회사를 통해 데뷔를 했던 것이군……'

정호가 이런 생각을 하며 정문복을 바라봤다.

정문복이 어째서 유앤유를 나오게 됐는지에 대한 이야기는 끝났으니 이제 정문복이 왜 정호에게 메일을 보냈고 이곳에 찾아왔는지 물을 차례였다.

정문복은 정호의 시선에서 어떤 질문이 나올지 느낀 것인지, 아니면 당연히 이 이야기를 할 타이밍이라고 생각했는지 순순히 입을 열었다.

"유앤유에서 나오긴 했지만 음악을 포기할 생각은 없었어요……. 많지는 않지만 몇 곳의 소속사에서 영입 제안을 해 오기도 했고요……. 하지만 오 부장님이 자꾸 생각났어요……. 저를 간절히 바라시던 그 눈빛을…… 도저히 잊을수가 없었어요."

정호는 정문복의 진심을 확인하기 위해 정문복의 표정과 말투를 열심히 쫓았다.

적어도 정호가 보기에는 정문복의 표정과 말투에서는 진심이 느껴졌다.

"뿐만 아니라 많은 조건에서 청월이 저에게 맞는 회사라는 생각이 들었어요……. 프로듀싱 101 시즌2를 함께한 친한 동생들도 많고…… 밀키웨이에서 시작한 오서연이라는 걸출한 신인 래퍼도 있으니까요……."

확실히 정문복의 말은 일리가 있었다.

특히 황성우는 정호에게 미팅 자리를 마련해줬을 정도로 정문복과의 친분이 높았다.

정호가 고개를 끄덕이며 정문복에게 긍정적인 답변을 내놓았다.

정호로서는 굴러들어 온 복을 마다할 이유가 없었다.

"문복 씨의 생각은 잘 알았습니다. 얘기도 잘 들었고요. 저로서는 언제든 문복 씨의 합류를 환영합니다. 다만…… 유앤유와 계약상의 문제로 어려움을 겪었던 만큼 뭔가 원하는 조건이 있을 것 같은데요."

정호의 말을 듣고 정문복이 잠시 고민했다.

이걸 말해야 하나, 하는 듯한 느낌의 고민 같았다.

정호가 다시 한 번 정문복을 향해 입을 열었다.

"말해 보세요. 어떤 것이든 최대한 정문복 씨의 조건에 맞춰 보겠습니다. 무리한 조건만 아니라면요."

정문복이 조심스럽게 입을 열었다.

"사실…… 무리한 조건이라는 생각이 들어서 고민했습니다……. 혹시…… 가능하다면 아웃라이더 형도 청월과 계약을 할 수 있을까요……?"

속사포 랩으로 사람들에게 이름을 알린 아웃라이더, 그는 분명 좋은 래퍼였다.

좋은 래퍼일 뿐만 아니라 프로듀싱 능력도 뛰어나 꾸준하기만 한다면 청월에게도 나쁘지 않은 수익을 안겨줄 연예인이었다.

다만 아웃라이더가 엄청난 슬럼프를 겪고 있다는 것이 문제였다.

심지어 문제는 이게 다가 아니었다.

정호가 정문복에게 물었다.

"어떤 소속사와도 계약을 원하지 않는다고요?"

"네……. 유앤유와의 일이 그만큼 충격적이었던 모양입니다……."

"허……."

정호는 고민됐다.

아웃라이더를 설득하여 데려올 수고를 들일 만큼 정문복이 가치가 있는 인물인가 하는 생각도 들었다.

하지만 정호는 금세 이런 생각들을 지워냈다.

그리고 마음을 먹었다.

'데려온다……. 정문복과 아웃라이더 모두…….'

연예인을 도구가 아닌 사람으로 보기로 마음을 먹은 정호였다.

그러다 보니 어떠한 이득을 따져서 사람을 들일 생각을 한다는 것 자체가 모순처럼 느껴졌다.

게다가 정문복은 과거 정호가 신뢰 포인트로 마음을 얻으려는 실수를 저질렀던 인물이었다.

자신이 먼저 실수를 저질렀던 만큼 정호는 정문복의 신
뢰에 보답하고 싶었다.

"오 부장님을 믿습니다……. 왠지 오 부장님이라면……
아웃라이더 형을 다시 연예계로 돌아오게 할 수 있을 것만
같아요……. 저에게 보여주셨던 그 눈빛과 진심이라면 말
이죠……."

하지만 그렇다고 해서 정호가 단순히 인간적인 이유만으
로 정문복과 아웃라이더를 데려오기로 마음을 먹은 것은
아니었다.

정호의 기억에 따르면 정문복만이 아니라 아웃라이더도
이후 슬럼프를 극복하고 스스로의 가치를 증명했기 때문이
었다.

'내가 아니었더라도 정문복은 자신을 원하는 소속사를
찾아가 아웃라이더를 데려가 달라고 부탁을 했을 것이
다……. 그 덕분에 아웃라이더가 다시 마음을 열고 재기
에 성공한 것일 수도 있지……. 아닐 수도 있지만……. 어
쨌든 아웃라이더도 데려올 만한 가치가 있는 인물이
다…….'

정호는 마음먹은 일을 바로 행동으로 옮겼다.

어차피 길게 끌어봐야 아웃라이더를 설득할 좋은 방법이
떠오를 것 같지도 않았다.

슬럼프를 겪고 있는 연예인을 만나 보는 건 만나 본다는
것에만 의미를 두어야 했다.

괜히 전략을 짜겠답시고 고민을 해봐야 반감만 살 뿐이었다.

'마음은 언제나 진심으로! 일단 부딪치고 보자!'

정호는 아웃라이더가 늘 죽치고 앉아 술을 먹는다는 홍대의 어느 술집에 도착했다.

사람들의 시선을 피하기 위해 꽤 외진 곳에 있었지만, 다행히 정호도 잘 알고 있는 곳이어서 어렵지 않게 찾아갈 수 있었다.

술을 좋아하는 오서연이 종종 찾는 곳이었다.

좋은 술을 많이 가져다두기로 유명하기도 했지만 술에 취하면 언제든 무대 위에 올라 공연을 할 수 있다는 점이 인디밴드들이나 래퍼들의 호감을 샀다.

그런 술집에서 아웃라이더는 초저녁부터 구석진 자리에 앉아 독한 양주를 연신 들이켜고 있었다.

아직 초저녁이라서 그런지 술집은 굉장히 한산했다.

다른 인디밴드나 래퍼가 전혀 보이질 않을 정도였다.

정호는 아웃라이더에게 다가갔다.

그러다가 자리에 멈춰 섰다.

아웃라이더의 테이블로 다가가다가 슬쩍, 목격한 눈빛이 생각했던 것보다 더 흐리멍덩했기 때문이었다.

정호가 속으로 생각했다.

'말을 걸어봐야 소용없다. 그런 눈빛이야. 말로는 부족해.'

매니지먼트의 제왕 5

정호는 뭔가를 찾듯 주변을 둘러보다가 술집에 마련된 간이 무대를 보고 묘책을 떠올렸다.

'그래!'

그리고는 스마트폰을 꺼내 들고 어디론가 전화를 걸었다.

"문복 씨? 지금 어디에 계십……."

정호가 전화를 건 대상은 정문복만이 아니었다.

"서연이니? 혹시 데미랑 여기로 잠깐 와줄 수 있어? 술 마실 수 있게 해줄게."

아웃라이더에게 진심으로 다가가기 위한 정호의 선택은 음악이었다.

음악 하는 사람의 마음을 치유해주는 건 음악밖에 없었다.

매니지 먼트 제왕

2장. 술, 다시 술

잠시 후, 정호가 전화를 넣은 모든 사람들이 술집에 모였다.

특히 오서연이 가장 빨리 도착했다.

뭔가에 쫓기는 사람처럼 오서연은 정호를 보자마자 닦달했다.

"술 주세요, 술!"

물론 자꾸 금주령을 어긴 오서연의 잘못이긴 했지만 계속되는 추가 금주령으로 고통을 받던 오서연이었다.

그러다 보니 정호를 보자마자 술타령부터 한 것이다.

정호가 오랜만에 생기가 도는 얼굴로 자신을 보채고 있는 오서연을 향해 대꾸했다.

"줄게. 이것만 하면."

정호는 간이 무대 뒤쪽으로 가서 비트를 틀었다.

술집 내부로 오서연의 솔로곡 MR이 흘러 나왔다.

술집 내부를 둘러보며 어리둥절해하던 오서연이 정호를 향해 물었다.

"뭐예요?"

정호가 대답했다.

"딱 다섯 시간. 딱 다섯 시간만 여기서 노래 좀 부르자. 그럼 금주령 풀고 술 마시게 해줄게. 양주로."

정호의 대답을 듣자마자 오서연이 간이 무대로 뛰어 올라가 신나게 노래를 부르기 시작했다.

그러자 갑작스럽게 시작된 무대라고는 생각할 수 없는 엄청난 공연이 펼쳐졌다.

역시 술을 마시지 않아도 한결같이 엄청난 실력을 선보이는 오서연이었다.

정호가 오서연의 놀라운 공연을 보며 고개를 까닥거리다가 아웃라이더의 반응을 살폈다.

구석에서 술을 마시던 아웃라이더는 잠깐 오서연이 랩을 하고 있는 간이 무대를 쳐다봤다가 별 관심이 없다는 듯 다시 술을 마시는 데만 집중했다.

결국 오서연의 솔로 곡으로는 아웃라이더를 관심을 끌지 못한 셈이었다.

오서연이 두 곡을 끝내고 잠깐 쉴 때 기다리던 데미가

도착했다.

데미뿐만이 아니라 술집으로 슬슬 손님들이 모여들고 있었다.

손님들은 대다수가 홍대에서 공연을 하는 뮤지션들이었다.

데미가 술집으로 들어오는 걸 보고 정호가 잽싸게 오서연에게 다가갔다.

그런 뒤, 귓속말을 했다.

"서연아, 데미를 도발해서 같이 랩을 시작해."

"왜요?"

"그럼 오늘 내가 양주 두 병 쏜다."

오서연이 자신을 찾느라고 술집을 두리번거리는 데미를 향해 격렬하게 손짓했다.

그러더니 소리쳤다.

"컴온! 힙찔아, 한번 붙어보자!"

정호가 두 사람이 일대일 디스 배틀에서 사용했던 비트를 찾아 틀었고, 금세 흥분한 데미가 바로 간이 무대 위로 올라갔다.

그렇게 낫프리티 랩스타 최대의 라이벌이었던 두 사람이 리벤지 매치를 시작했다.

엄청난 랩 배틀이었다.

프리스타일이라는 사실이 더욱 두 사람의 실력을 돋보이게 했다.

어느새 술집을 가득 채우고 있는 본업이 뮤지션인 손님들도 두 사람의 배틀에 환호했다.

그럴 수밖에 없는 게 TV나 동영상으로만 보던 두 사람의 살벌한 대결이 눈앞에서 펼쳐졌기 때문이었다.

"와! 밀키웨이의 오서연이다, 미쳤다!"

"컴온, 컴온!"

"데미, 오서연을 발라버려!"

정호가 환호를 들으며 구석에 앉아 있는 아웃라이더의 반응을 다시 한 번 확인했다.

이번에는 아웃라이더도 가볍게 발을 구르며 리듬을 타고 있었다.

정호가 그걸 보고 속으로 쾌재를 불렀다.

'됐다! 거의 다 왔어!'

때마침 정문복이 술집에 도착했다.

정호가 술집 분위기를 살피고 있는 정문복에게 다가가 물었다.

"문복 씨, 서연이랑 데미 알아요?"

"당연히 알죠. 래퍼가 두 사람을 모를 리 없죠."

"그럼 한번 붙어 봐요! 당신이 존경하는 아웃라이더 앞에서 당신의 실력을 보여 보라고요!"

정문복은 상황 파악을 제대로 못했는지 처음에는 어리둥절해했지만, 정호의 고갯짓으로 뭔가를 깨달았는지 간이 무대로 뛰어 올라갔다.

정호의 고갯짓 끝에는 리듬을 타고 있는 아웃라이더의 모습이 보였기 때문이었다.

정문복은 간이 무대 위에서 프로듀싱 101 시즌2 때보다 일취월장한 실력으로 오서연과 데미와 어울려 놀기 시작했다.

그 모습을 보며 정호가 감탄했다.

'실력이 늘었을 거라고 생각하긴 했지만 저 정도였다니…….'

확실히 정문복은 대한민국 최정상급의 실력을 보유한 오서연, 데미와 비교해도 큰 손색이 없을 정도의 퍼포먼스를 보여주고 있었다.

정호가 아웃라이더를 관찰했다.

아웃라이더는 정문복의 목소리가 들리자마자 온몸으로 비트를 타며 간이 무대를 주시하고 있었다.

술집 손님들의 환호성도 더 커졌다.

"호오와와와!"

"대에에에에박!"

"쩐다아아아!"

손님들의 엄청난 환호를 받으며 어느새 흥이 올랐는지 정문복이 아웃라이더를 도발했다.

"아웃라이더 형, 올라오세요! 형의 실력을 보여주라고요!"

손님들의 시선이 아웃라이더를 향했다.

"와? 아웃라이더도?"

"헐…… 여기 무슨 쇼 미 더 패닉이야?"

아웃라이더는 정문복의 도발과 관객들의 반응에도 불구하고 술에 취한 채 피식 웃기만 할 뿐이었다.

부끄러운 것인지, 아니면 아직 흥이 덜 나는 것인지, 아웃라이더의 행동은 분명 어울려 놀고 싶지 않다는 표현이었다.

하지만 오서연이 프리스타일 랩으로 아웃라이더를 디스하기 시작하자 아웃라이더의 표정이 급변했다.

특히 오서연의 디스 랩을 듣고 손님들의 웃음을 터뜨리는 장면에서는 아웃라이더도 '이것 봐라?' 하는 표정을 지었다.

"푸하하하!"

"대박이다, 오서연!"

"오! 찢었다!"

오서연이 아웃라이더를 향해 손짓했다.

"덤비려면 덤벼. 말만 빠른 큰 덤벙아."

결국 아웃라이더가 일어나 간이 무대 위로 올라왔다.

그러더니 사이퍼를 하듯 오서연의 마이크를 빼앗고 랩을 시작했다.

명불허전이었다.

이 말밖에는 생각나지 않았다.

딱 보기에도 엄청나게 취한 상태임에도 불구하고 아웃라

이더는 정확한 발음으로 속사포 랩이 쏟아냈다.

오서연이 한 방 먹었다는 듯한 제스처를 취했다.

평소 표정이 거의 없는 데미도 놀랐고 정문복은 자신의 형을 자랑스러워했다.

아웃라이더의 랩이 그렇게 끝났다.

오서연과 아웃라이더가 화해의 어깨 인사를 나눴고 그때 정호가 비트를 기존의 공격적인 것에서 더 신나고 경쾌한 것으로 바꿨다.

정호의 의도를 파악하고 네 사람이 사이좋게 랩을 시작했다.

미리 맞춘 것처럼 완성도 높은 무대가 펼쳐졌다.

"으으……"

정호가 자신도 모르게 신음 소리를 내며 침대에서 일어났다.

머리가 깨질 것같이 아팠다.

정호는 몸을 일으켜 냉장고 앞으로 갔다.

그러고는 냉장고를 열어 생수를 통째로 벌컥벌컥 들이켰다.

하지만 여전히 머리가 아프고 몸이 무겁기는 마찬가지였다.

정호가 속으로 생각했다.

'어제 술을 얼마나 먹은 거야……'

간이 무대의 공연이 끝나고 정호를 비롯한 오서연, 데미, 정문복, 아웃라이더는 한자리에서 어울려 술을 마셨다.

술을 마시는 이유는 각자 달랐다.

데미와 아웃라이더는 손님들의 호응에 흥이 올라서 술잔을 기울이기 시작했고 정문복은 친한 형인 아웃라이더와 어울리기 위해서 자리에 함께했다.

또 오서연은 술을 좋아하기 때문에 술을 마셨다.

그것도 금주령이 풀렸다고 신나서 아주 미친 듯이.

정호는 그런 오서연을 말리기 위해서 자리를 떠나지 못했다.

그리고 문제는 여기서 발생했다.

한껏 신난 오서연이 정호를 술로 죽이겠다며 달려들었던 것이다.

정호는 오서연의 성화에 못 이겨 폭탄주를 연거푸 들이켰고 결국 이 지경이 되어 버렸다.

이마를 부여잡은 채 어제 무슨 일이 있었는지 떠올려보던 정호가 인상을 찌푸렸다.

'아웃라이더랑 진지하게 무슨 얘기를 한 것 같은데…… 도저히 생각이 나질 않네……. 중요한 얘기였던 것 같은데…… 서연이, 이걸 내가 진짜…….'

정호는 건수만 생기면 다시 한 번 금주령을 걸겠다고 맹세하며 몸을 일으켰다.

씻고 출근을 해야 하는 시간이었다.

그렇게 옷을 벗으려는데 갑자기 전화가 걸려왔다.

'응, 누구지?'

처음 보는 번호였다.

정호는 잠시 고민하다가 전화를 받았다.

"여보세요?"

정호가 전화를 받자 전화기 너머로 익숙한 목소리가 흘러 나왔다.

"안녕하세요, 오 부장님……. 어제 뺐던 아웃라이더라고 하는데요……. 오늘 미팅 시간…… 혹시 저녁으로 미뤄도 될까요……? 머리가 너무 아파서 도저히 그 시간까지 갈 수가 없습니다……."

익숙한 목소리의 주인공은 숙취로 거의 죽어 가고 있는 아웃라이더였다.

정호는 정문복과 아웃라이더를 함께 만났다.

저녁 시간이었기 때문에 간단히 식사를 하고 카페로 자리를 옮겨 계약에 관한 이야기를 했다.

어제의 일이 여전히 가물가물한 정호와는 달리 아웃라이

더는 모든 일을 전부 기억하고 있었다.

'나도 술이 약한 게 아닌데…… 어제 다른 사람들보다 일찍 술을 마시기 시작했음에도 불구하고 필름이 끊어지지 않았다니 대단하네……. 하긴 이전의 시간에서도 알아주는 주당이긴 했지…….'

아웃라이더의 말에 따르면 정호는 취한 채 자신의 진심을 털어놨다고 했다.

아웃라이더를 어떤 래퍼라고 생각하는지부터 미래에 재기를 확신한다는 말까지 가감 없이 털어놨단다.

물론 그렇다고 해서 정호가 시간 결제 능력이나 신뢰 포인트에 관한 얘기를 한 것은 아니었다.

이건 정호의 인식 속에서 무덤에 들어가는 순간까지 간직해야 할 비밀이었기 때문에 어떤 일이 있어도 발설될 리가 없었다.

어쨌든 정호는 어젯밤 진심으로 아웃라이더에게 다가갔고 그 진심이 통했다.

"오 부장님의 말대로 제가 진짜 재기를 할 수 있을지는 모르겠습니다……. 특히 비트를 찍는 것만큼은 여전히 자신이 없습니다……. 다만 어제처럼 신나게 계속 노래를 부를 수 있다면 언젠가 다시 프로듀싱으로도 복귀할 수 있을 거라는 생각이 들었습니다……."

아웃라이더의 말을 듣고 정호가 고개를 끄덕였다.

확실히 간이 무대를 통해 아웃라이더는 음악에 대한 자

신의 열정이 식지 않았음을 증명한 셈이었다.

아웃라이더가 정호의 고개가 끄덕여지는 걸 보며 계속 말을 이었다.

"특히…… 오 부장님을 믿고 싶어졌습니다……. 아직 절 이렇게까지 응원해 주는 사람이 있다면 한번 제대로 노력해 보고 싶었습니다……."

아웃라이더의 말에 정호가 빙그레 웃으며 대답했다.

"아웃라이더 씨를 믿고 있는 건 저뿐만이 아닙니다. 옆에 앉아 있는 문복 씨도 아웃라이더 씨의 재기를 확신했으니까요. 아니, 어쩌면 진정으로 혼신을 다해 아웃라이더 씨를 믿는 사람은 문복 씨뿐일 겁니다. 문복 씨가 저를 찾아와 아웃라이더 씨를 설득해 달라고 말하지 않았더라면 이런 자리 자체가 생기지 않았을 테죠."

정호의 말을 듣고 아웃라이더가 옆으로 고개를 돌려 정문복을 바라봤다.

"고맙다, 문복아……. 만약 내가 재기에 성공한다면 네가 은인이야……."

정문복이 볼을 긁적이며 대답했다.

"어차피 저를 재기하게 해준 사람이 형인데요, 뭘……. 형이 재기하면 우린 그냥 쌤쌤으로 하기로 해요……."

정문복의 말을 듣고 아웃라이더가 웃었다.

"쌤쌤? 크크큭. 그래, 쌤쌤으로 하자!"

정문복과 아웃라이더는 그 자리에서 정식으로 청월과의 계약을 체결했다.

　정호가 간인 옆에 사인을 하고 있는 아웃라이더를 보며 생각했다.

　'이로써 정문복과 아웃라이더라는 좋은 래퍼 두 사람을 얻었군. 청월의 미래가 한층 밝아졌다.'

　그때 모든 사인을 끝마치고 아웃라이더가 고개를 들며 입을 열었다.

　"오늘은 정말 기쁜 날이군요! 안 그러냐, 문복아?"

　"네, 정말 기쁜 날이죠."

　두 사람의 대화가 심상치 않았다.

　정호는 갑자기 등골이 서늘해지는 것 같았다.

　아웃라이더는 장난기 어린 말투로 소리쳤다.

　"이런 날에 술이 빠질 수 없지! 당장 마시러 가자, 문복아! 어떻습니까? 오 부장님도 드실 거죠?"

　정호가 한사코 거절했지만 결국 술자리로 끌려갈 수밖에 없었다.

　심지어 아웃라이더는 오서연까지 불러내 술판을 벌였다.

　두 시간 후, 오서연은 볼이 빨갛게 달아오른 채 소리쳤다.

　"죽이자! 오 부장님을 죽여 보자!"

　오서연이라는 청월의 터줏대감 주당과 아웃라이더라는

청월의 새로운 주당은 환상의 콤비를 자랑하며 오늘도 정호를 꽐라로 만들었다.

3장. 특이한 행동

두 번의 꼴라로 정문복, 아웃라이더와의 계약을 훌륭히 성사시킨 정호는 본격적으로 채 작가의 드라마에 매달렸다.

채 작가의 이번 드라마 제목은 〈귀신 딸깍발이〉였다.

한 지역에서 거의 왕과 같은 존경을 받던 어떤 어진 선비가 왕의 시기와 질투로 인해 억울하게 목숨을 잃고 귀신이 되어 현대를 떠돈다는 내용이었다.

하지만 흥미로운 점은 귀신이 하늘의 벌을 받아 승천하지 못하고 있고 더 시간이 지나 악귀가 되기 전에 사랑하는 여인을 만나 승천을 해야 하는 처지에 놓여 있다는 것이었다.

정호가 대본을 다시 뒤적거리며 생각했다.

'확실히 흥미로운 구성이군. 승천을 위해서 사랑하는 여인을 만나야 하지만 막상 사랑하는 여인을 만나면 승천을 원하지 않게 되는 구도니깐. 채 작가가 이번에도 시대를 넘나드는 엄청난 드라마를 썼군.'

이전의 시간에서 〈귀신 딸깍발이〉는 채 작가를 최고의 드라마 작가 반열에 올려놓는 작품이었다.

그래서 정호는 〈귀신 딸깍발이〉에 총괄매니지먼트부 3팀의 배우들을 넣기 위해 오랜 시간 공을 들여서 채 작가와의 친분을 유지하고 있었다.

'이번에는 성공이 확정적이다. 아무것도 하지 않아도 성공을 확신할 수 있을 정도야. 특히 배우들은 내가 딱히 관리를 하지 않아도 될 거다. 여운이나 해른이 모두 경력이 적지 않은 최고의 배우들이니깐.'

강여운은 대한민국을 넘어서 세계가 주목하는 배우였다.

스탠바이가 들어간 후 멘탈이 흔들릴까봐, 인간관계로 인한 사건이 터질까봐, 전혀 걱정할 필요가 없었다.

'여운이는 이제 최고 중의 최고다.'

강여운이 이번에 드라마 출연을 결심한 것도 일종의 한국 팬에 대한 서비스 같은 것이었다.

물론 한국에 대한 강여운의 애정도 이번 드라마를 출연하는 결정적인 이유가 됐다.

'해른이 또한 마찬가지지…….'

아직 강여운에 미치지는 못하지만 지해른 역시 엄청난 배우였다.

연기력에 있어서는 이미 강여운과 비교해도 손색이 없을 정도였다.

특히 드라마에 같이 출연한다는 소식이 언론을 탄 요즘에는 강여운에 이어 할리우드에서 성공할 최고의 배우로 지해른을 손꼽는 실정이었다.

두 배우 모두 워낙 출중하다 보니 정호가 나서서 관리할 필요성을 느끼지 못했다.

두 배우의 관리는 다른 매니저들만으로도 차고 넘칠 정도로 충분했다.

'게다가…… 무슨 이유에선지 정 이사님이 계속해서 현장에 나가 계시니깐…….'

최근 정 이사는 드라마계에 관심을 많이 두고 있었다.

아직 〈귀신 딸깍발이〉의 촬영이 시작되지도 않았는데 PD부터 작가까지 수시로 만나러 다니고 배우들을 비롯한 각종 스태프들과도 교류를 하고 있었다.

굳이 그럴 필요가 없음에도 불구하고.

'뭔가 조금 수상하긴 해.'

심지어 이번만이 아니었다.

〈귀신 딸깍발이〉 이전에 총괄매니지먼트부 1팀과 2팀의 배우가 출연한 드라마 근처에도 기웃거렸다는 소문이 돌았다.

'도대체 왜 그러는 거지? 무슨 드라마 제작사라도 차릴…… 설마?'

정호가 정 이사에 대해서 생각하다가 뭔가가 떠올랐는지 속으로 놀랐다.

하지만 이내 고개를 흔들었다.

'아니야……. 그럴 리가 없어……. 이번에 나는 아무것도 안 했는걸……?'

◇ ◆ ◇

두 배우에 대한 믿음과 정 이사의 특이 행동으로 딱히 배우 관리의 필요성을 느끼지 못한 정호는 OST 작업에만 매진했다.

드라마의 성공이 확정적인 상태인 만큼 OST 작업으로 청월에 더 큰 이익을 얻어내겠다는 정호의 계획이었다.

드라마 제작사 측에서도 청월의 가수들이 인기가 상당하기 때문에 OST 곡 삽입 요청을 거절할 이유가 딱히 없었다.

오히려 드라마 제작사는 청월의 가수들을 쌍수를 들어 환영했다.

오서연이 작업한 드라마 OST는 "드라마는 실패해도 노래는 성공한다."라는 소리를 들을 정도로 인기가 대단했기 때문이었다.

정호가 〈귀신 딸깍발이〉 OST에 삽입하려고 생각하고 있는 건, 총 3곡이었다.

오서연, 블루 도넛에게 한 곡씩 줄 예정이고 재기에 대한 부담감을 일부 가지고 있는 정문복과 아웃라이더를 묶어서 한 곡을 배정할 생각이었다.

우선 오서연과 블루 도넛은 곡 작업을 거의 마친 상태였다.

두 사람 다 각자 곡을 썼는데 곡이 상당히 좋았다.

오서연은 서정적인 발라드를 특유의 힙합 스타일에 녹여서 곡을 만들었다.

세련된 멜로디가 마음을 뒤흔드는 진정성 있는 곡이었다.

곡의 제목은 〈Slowly〉로 여자 주인공인 강여운의 메인 테마곡이 될 예정이었다.

블루 도넛은 미디움 템포의 감각적인 가사가 돋보이는 일종의 록발라드를 선택했다.

정통 록발라드는 아니고 블루 도넛 특유의 스타일이 잘 녹아들어 있어서 최근의 감성에 잘 맞는 곡이었다.

블루 도넛의 〈하얗고 밝은 눈〉은 서브 여자 주인공인 지해른의 메인 테마곡으로 선택됐다.

이렇게 오서연과 블루 도넛의 곡이 어느 정도 완성된 가운데 현재 가장 걱정이 되는 것은 정문복과 아웃라이더의 곡이었다.

정문복과 아웃라이더는 다급한 상황이나 경쾌한 상황에서 사용될 빠른 곡을 작업할 예정이었는데 곡을 써줄 것으로 기대한 아웃라이더가 아직 슬럼프에서 벗어나지 못한 기색이었다.

며칠 고심하는 듯하더니 결국 아웃라이더가 정호를 찾아왔다.

"아무것도 떠오르지 않습니다……. 아무래도 안 될 것 같아요……."

정호는 밝은 표정으로 아웃라이더의 등을 두드리며 대답했다.

"괜찮아요. 그럴 수도 있죠. 이번에는 곡을 받아서 노래만 부르는 것으로 합시다. 그 정도는 괜찮죠?"

정호는 정말 아무렇지도 않았다.

그리고 동시에 아웃라이더를 진심으로 위했다.

어차피 간이 무대 한 번으로 슬럼프를 극복할 거라고는 생각하지 않았다.

시간이 더 필요하다면 계속 지지를 보내주는 것이 자신의 역할이라고 생각하는 정호였다.

정호의 진심을 느꼈는지 아웃라이더가 고개를 끄덕이며 말했다.

"그럼 이번에는 그렇게 하겠습니다……."

정호는 곧바로 한유현에게 전화를 걸었다.

"유현 씨, 곡 좀 부탁하려고 하는데요. 최대한 빨리 괜찮을까요?"

청월이 계속 성장세를 유지하고 있었기 때문에 한유현은 점점 더 바빠졌지만, 언제나 그랬던 것처럼 정호의 일을 최우선으로 처리해 주었다.

"물론이죠. 오늘 저녁부터 작업 들어가겠습니다."

◇ ◆ ◇

일주일 후.

한유현의 작업실에서 정문복, 아웃라이더와 함께 완성된 비트를 들어본 정호가 두 사람에게 물었다.

"어떤가요?"

정문복이 솔직하게 감탄했다.

"대단하군요! 소문으로만 듣던 작곡가님의 솜씨가 그대로 느껴집니다! 좋은 곡을 주셔서 정말 감사합니다!"

아웃라이더도 자신의 의견을 밝혔다.

"아주 좋네요. 꼭 제가 부르고 싶은 노래입니다. 정말 감사해요."

다행히 두 사람의 반응이 좋았다.

정호가 고개를 끄덕이며 한유현에게 말했다.

"이번에도 수고하셨습니다, 유현 씨. 가사도 쓰고 곡에도 좀 익숙해져야 하니까, 녹음은 돌아오는 월요일에 하기로 하죠."

시간은 금세 지나갔고 녹음도 무사히 끝마쳤다.

정문복과 아웃라이더가 써온 가사는 무척이나 좋았다.

특히 아웃라이더의 속사포 랩이 다급함과 경쾌함을 동시에 표현하는 데 적합했다.

이로써 드라마 OST에 들어갈 세 곡의 작업을 마무리한 정호였다.

곡이 전부 잘 빠졌기 때문에 전혀 걱정할 것이 없었다.

'그래. 분명 순조로워. 그런데 왜 자꾸 불안감이 드는 거지?'

◇ ◆ ◇

결국 정호는 예정된 계획보다 OST 작업을 빨리 끝냈다.

마무리 작업까지 완벽하게 끝낸 곡을 보냈다고 전화를 걸자 드라마 제작사 측에서 청월의 작업 속도에 놀랐다.

"벌써 끝냈다고요? 진짭니까?"

드라마 제작사 입장에서는 놀랄 수밖에 없었다.

아직 드라마 촬영에 들어가지도 않았는데 OST 곡 작업을 끝냈기 때문이었다.

정호가 놀라는 드라마 제작사 직원에게 대답했다.

"물론입니다. 메일로 곡 보내드렸으니 확인하고 연락 주세요."

"아…… 아, 예……."

전화를 끊고 정호는 채 작가를 만나기 위해 이동했다.

채 작가는 드라마 촬영을 앞둔 지금 무척이나 바빴지만 촬영에 들어가면 더 바빠질 것이 뻔했다.

그런 까닭에 조금이라도 빨리 만나보는 것이 여러모로 나았다.

정호가 차에 오르며 생각했다.

'작업실이 한남동에 있다고 그랬나?'

정호는 약속된 시간에 맞춰 채 작가의 작업실에 도착했다.

채 작가가 반갑게 정호를 맞이했다.

"잘 왔어요, 오 부장님. 내가 요즘 인기가 아주 많아요. 얼마 전에 정 이사님도 다녀갔거든."

정 이사가 채 작가를 만난 일은 정호도 알고 있었다.

다만 정 이사에게 모든 문제를 떠맡길 수 없었기에 채 작가를 만나러 와 본 것뿐이었다.

이사가 부장보다 높은 직급이었으니 작가로서는 이사가 자신을 방문한다는 게 더 의미가 있는 일이겠지만, 강여운과 지해른의 담당 매니저가 누군지 뻔히 알고 있는 상황에서 정호가 채 작가를 만나지 않는 것도 우스웠다.

정호가 채 작가에게 물었다.

"번거롭게 또 왔다고 제가 싫으신 건 아니죠?"

채 작가가 호호호, 웃으며 대답했다.

"그럴 리가 있겠어요. 어서 들어가요. 들어가서 커피라도 한잔해요."

정호는 채 작가를 따라 안으로 들어갔다.

잠시 후, 보조 작가로 보이는 여성이 커피를 내왔고 함께 어울려서 대화를 시작했다.

분위기는 시종일관 화기애애했다.

특히 채 작가와는 〈내 사랑 티라미수〉 이후 꾸준히 교류를 하는 중이었기 때문에 더더욱 잘 통했다.

함께 작업을 시작한 〈귀신 딸깍발이〉를 시작으로 다양한 주제의 이야기를 주고받았다.

그중에서도 특히 강여운이 맡게 된 딸깍발이의 연인 역할과 지해른이 맡게 된 딸깍발이의 누이 역할에 대한 이야기를 많이 나누었다.

두 캐릭터 모두 주인공 딸깍발이 이상의 중요도를 가지고 있기 때문에 이야기를 할수록 생각할 만한 고민거리가 많아졌다.

어느 정도 얘기가 마무리됐을 때 정호가 말했다.

"언제나 생각하는 거지만 작가님이 캐릭터를 만드는 능력은 남다른 것 같습니다. 딸깍발이를 중심으로 그 연인과 누이가 이런 역할을 하는 것이군요."

정호의 칭찬에 기분이 좋았는지 채 작가가 호호호, 웃으며 말했다.

"정말 청월 사람들은 사람을 기분 좋게 하는 재주가

매니지
먼트의
제왕5

있어요. 정 이사님도 많이 배웠다고 그렇게나 고맙다고 말을 계속 하시더라고요, 호호호."

그냥 듣고 넘길 수 있을 얘기였지만 정호에게는 왠지 뉘앙스가 조금 다르게 느껴졌다.

'많이 배웠다니? 뭘?'

이런 생각이 절로 들었다.

그래서 정호가 되물었다.

"정 이사님이요? 뭘 배웠대요?"

그러자 채 작가가 순순히 대답했다.

"그야 드라마 제작에 대한 전반적인 공부…… 어? 오 부장님은 설마 몰랐어요?"

"뭘요?"

"정 이사가 나한테 그러던데…… 청월에서 나와 드라마 제작사를 차리고 싶다고……."

매니지먼트 제왕

4장. 새로운 인사 발령

정호가 채 작가를 만나고 있을 때 정 이사는 윤 대표를 만나고 있었다.

두 사람이 앉아 있는 대표실은 약간 어두웠다.

커튼 친 창문으로 들어오는 적은 양의 빛이 대표실을 조금 밝혔지만, 대표실은 여전히 어두컴컴하게 느껴졌다.

그러한 분위기는 윤 대표의 마음을 대변하고 있었다.

윤 대표가 마주 앉아 있는 정 이사에게 물었다.

"그게 자네의 진심인가……?"

정 이사는 말없이 고개만 끄덕였다.

윤 대표가 다시 물었다.

"어째서……? 내가 물러난다면 이 자리는 자네의 것이

될 텐데……."

윤 대표의 말이 끝나자마자 무겁게 닫혀 있던 정 이사의
입이 열렸다.

"애초에 자리 욕심은 없었습니다. 아예 없었다고 하면
거짓말이겠지만, 만약 오른다 해도 대표 자리에는 제 능력
으로 올라가고 싶었습니다. 하지만 지금은……."

"지금은?"

"솔직히 한계를 느낍니다. 저는 청월을 최고로 만들고
싶지만…… 그럴 능력이 없습니다."

윤 대표가 약간 흥분한 목소리로 말했다.

어떤 일이 벌어져도 좀처럼 흥분하지 않는 윤 대표의 보
기 드문 모습이었다.

"아니, 자네라면 충분히 가능하네. 내가 자네를 지켜본
게 하루 이틀인가? 혹시 내 눈을 믿지 못하는 겐가?"

정 이사는 윤 대표의 말에 대꾸하지 않았다.

대신 긴 한숨을 내쉬었다.

윤 대표는 정 이사의 긴 한숨을 보고 이미 정 이사의 마
음이 청월을 떠났다는 걸 알았다.

윤 대표도 정 이사와 함께 한숨을 쉬곤 정 이사의 본명을
불렀다.

"준호야……."

아쉬움과 안타까움이 담겨 있는 부름에도 불구하고 정
이사는 한참을 대답 없이 바닥만 내려다봤다.

이윽고 정 이사가 고개를 들며 말했다.

"형……. 이렇게 부르는 게 몇 년 만이죠……."

"준호야……."

윤 대표가 다시 한 번 정 이사의 본명을 불렀다.

하지만 정 이사는 그 말에 대꾸하는 대신 다른 말을 했다.

"대표님은 저한테…… 때론 친형처럼 가깝고 때론 스승처럼 높은 존재였습니다. 아시잖아요, 제가 왜 이러는지……. 그러니깐 저를 놓아주세요. 저보다는 그 녀석이…… 청월을 더 높은 곳으로 데려갈 겁니다."

윤 대표가 마지막이라는 듯 물었다.

"정말 그렇게 생각하냐……?"

정 이사가 확신하며 대답했다.

"네."

채 작가를 만나고 사무실로 돌아가는 정호는 마음이 무거웠다.

'그래, 이맘때였지. 결국…… 이렇게 되는 것인가?'

이전의 시간에서 정호의 성공에 대한 욕구는 대단했다.

성공을 위해서라면 모든 과정에서 무자비했고, 연이은

성공에 도취해 자신을 믿어 주는 사람들을 무시했으며, 더 높은 성공을 위해서 자신보다 높은 곳에 있는 사람을 끌어 내렸다.

'그리고…… 정 이사님도 마찬가지였지…….'

청월의 3인자 자리에 오른 정호는 2인자가 되기 위해 정 이사를 모함했다.

윤 대표의 믿음이 워낙이 컸기 때문에 쉽지 않은 일이었지만 정호는 이 일을 끝끝내 해내고 말았다.

인간의 마음속에 감춰진 더러운 욕망을 돈과 권력에 대한 약속으로 성장시켰고, 마침내 계획한 대로 더러운 욕망들이 성장했을 때 정호는 정 이사를 완벽하게 밀어냈다.

윤 대표를 제외한 거의 모든 사람들이 정호의 마수에 놀아나게 됐으니 결과는 정해진 것이 매한가지였다.

건강했던 윤 대표도 이 과정에서 심적 타격을 받으며 육체의 병을 얻었다.

마음이 약해지자 자연스레 병이 윤 대표를 찾아온 것이었다.

결국 윤 대표가 자리에서 물러났고 정호가 그 자리에 올랐다.

그때부터 청월은 눈부신 성장을 거듭했다.

윤 대표 시절에 보여준 성장도 엄청났지만 정호가 대표 자리에 오르자 성장세는 더욱더 가팔라졌다.

하지만 그건 진짜 성장이 아니었다.

'검은 돈과 각종 음모로 만들어진 거짓된 성장이었지……'

그리고 이 성장이, 이 성공에 대한 욕구가 끝내 정호를 파멸로 이끌었다.

'이제 나는 확실히 안다. 그때 내가 그런 꼴을 당한 것은 모두 나의 죄 때문이라는 것을……'

그런 까닭에 다시 시작된 삶에서 정호는 적어도 누군가에게 피해를 주지 않으며 성공을 이뤄내고 싶었다.

그 성공이라는 것도 한경수에 대한 복수를 이룰 정도면 충분하다는 게 정호의 생각이었다.

'그랬는데…… 왜 정 이사님이……?'

솔직히 정호는 이 상황을 이해할 수가 없었다.

이번 시간에서 정호는 정 이사에 관해 아무것도 하지 않았고, 앞으로도 아무것도 하지 않을 생각이었다.

3인자의 위치에서도 복수를 위해 준비할 수 있는 것들이 많았고, 그것들을 차근차근 준비하여 나중에라도 반드시 복수를 이룰 생각이었다.

군자의 복수는 10년이 걸려도 늦지 않다고 했다.

정호는 군자가 아니었지만 복수를 위해서 10년 이상의 시간도 내다볼 자신이 있었다.

그런데 이런 일이 벌어지고 말았다.

'큰 줄기는 변하지 않는다는 건가……. 그렇다면 악귀와도 같았던 내 천성도 변하지 않는다는 건가……. 잠깐……!'

정호가 갑자기 다급하게 윤 대표에게 전화를 걸었다.

"그래, 오 부장. 무슨 일인가?"

윤 대표가 차분하게 정호의 전화를 받았다.

하지만 정호는 굉장히 다급했다.

"대표님, 지금 어디 계십니까?"

"대표실에 있네. 무슨 일인데 똥마려운 강아지처럼 행동하는 거야?"

"별거 아닙니다. 지금 거기 가만히 가십시오. 제가 바로 가겠습니다."

날듯이 대표실로 순식간에 도착한 정호가 윤 대표의 등을 떠밀어 병원으로 데려갔다.

그러더니 바로 건강 검진을 요청했다.

"이분의 건강 검진 좀 해주십시오. 급합니다."

"허, 자네. 지금 뭘 하는가?"

"부탁드리겠습니다, 대표님. 제 꿈자리가 사나워서 그럽니다. 꼭 좀 검진을 받아주십시오."

"아니, 이 사람이……."

정호에게 한마디 하려던 윤 대표가 뭔가 분위기가 심상치 않다고 생각했는지 말을 멈추고 건강 검진에 응했다.

◇ ◆ ◇

시간이 흐르고 검진 결과가 나왔다.

"간경변증입니다. 꽤 상태가 심각해 이대로라면 간암으로 발전했을 확률이 높았을 겁니다."

의사의 말에 윤 대표가 놀랐다.

"가, 간암이요?"

"그럴 수도 있었다는 뜻입니다. 만약 3개월간 별다른 치료 없이 방치해두었다면, 그렇게 됐을 가능성이 7~80% 이상이었을 것입니다. 조기에 발견한 것이 천만다행입니다."

"이, 이럴 수가……."

놀라서 입을 다물지 못하는 윤 대표를 두고 의사가 계속 말을 늘어놓았다.

"우선 현재 증세가 악화되지 않고, 전체적인 간 기능이 향상될 수 있도록 치료를 진행하겠습니다. 환자분께서는 가급적 음주는 자제하시고, 기름기 많은 음식과 밀가루 음식은 삼가시는게 좋습니다. 그리고 밤에는 숙면을 취하실 수 있도록 일찍 잠자리에 드시는……."

의사의 처방을 듣는 윤 대표의 머릿속으로 정호의 얼굴이 스쳐 지나갔다.

'오 부장에게는 정말 신기라도 있는 건가……!'

그렇게 상념에 빠져 있던 윤 대표를 의사가 큰 소리로 불렀다.

"이봐요, 환자분! 제 말 안 들립니까?"

"아…… 죄송합니다……."

매니지
먼트의
제왕5

"휴…… 됐습니다. 다시 설명하죠. 음주는 자제하시고 기름기 많은 음식과 밀가루 음식은 삼가시……."

◇ ◆ ◇

윤 대표에게 건강 검진 결과를 전화로 전해 들은 정호가 안심했다.

그러고는 말했다.

"다행이네요……. 대표님, 이건 혹시나 해서 드리는 말씀인데…… 당분간 음주는 자제하시고요. 기름기 많은 음식과 밀가루 음식은 가급적 피하시는 게……."

"아아, 됐네. 그 처방은 이미 의사한테 귀에 인이 박히도록 들었어. 그나저나 지금 촬영 현장이라고?"

"네. 〈귀신 딸깍발이〉 촬영 현장입니다."

"알겠네. 무사히 촬영하게."

그렇게 윤 대표와의 통화가 끝났다.

평소와 크게 다르지 않은 말투였지만 정호는 자신에 대한 윤 대표의 신뢰가 높아졌다는 걸 알 수 있었다.

띠링.

—신뢰 포인트를 80 획득했습니다.

정호에게는 잊을 만하면 들려오는 목소리가 있었기 때문이었다.

어느새 옆에 다가와 서 있던 정 이사가 물었다.

"대표님, 어떻다고 하시든?"

"괜찮다고 하십니다. 습관 개선하고 치료에 힘쓰면 별일 없을 거라네요. 그나저나 이사님……."

화제가 윤 대표의 검사 문제를 벗어나자 정 이사가 귀를 막고 자리를 피했다.

"아아아. 안 들린다, 안 들려. 네가 뭐라고 하는지 전혀 모르겠다. 아아아."

"저기요, 이사님! 정 이사님!"

정호의 부름을 무시하고 정 이사가 빠르게 멀어졌다.

얼마 전부터 저런 식이었다.

정호가 뭔가를 물어볼 것 같은 낌새만 보이면 괜히 줄행 랑을 놓았다.

정호가 점점 멀어지는 정 이사의 뒷모습을 바라보며 생 각했다.

'왜 그런 생각을 하게 된 건지 이유를 듣고 싶은데……. 도저히 틈을 주지 않는군…….'

그나마 다행인 점은 청월의 중요한 기둥 중 하나라고 할 수 있는 정 이사의 이탈을 앞둔 지금의 상태에서도 〈귀신 딸깍발이〉의 흥행이 확실시 된다는 것이었다.

실제로 현재 4화까지 방영된 〈귀신 딸깍발이〉는 공중파 가 아님에도 불구하고 1화에 6%대, 2화에 7%대라는 호성 적을 기록하더니 3, 4화에서 11%를 돌파한 후 유지하면서 돌풍을 예견했다.

그중에서도 〈귀신 딸깍발이〉의 OST는 벌써부터 많은 사람들의 귀를 즐겁게 하고 있었다.

특히 오서연의 〈Slowly〉는 스마트폰부터 길거리 매장의 스피커까지 음악이 나올 곳은 전부 독차지한 것처럼 엄청난 인기를 끌었다.

덕분에 오서연은 신이 나서 매일 숙소에서 파티를 벌였다.

"오늘도 파티다! 마시자! 죽자! 끝내자! 오 부장님을!"

그리고 그런 오서연을 〈나의 독립 도전기〉가 끝나자마자 다시 숙소로 돌아온 하수아가 고발했다.

"오 부장님? 여기 사건 하나가 터졌습니다. 어서 와주시죠. 수갑 챙겨 오시고요."

하수아의 고발로 정호가 오서연의 술 파티를 목격했고, 결국 오서연은 까불다가 다시 한 번 금주령을 당했다.

돈을 잔뜩 벌고도 좋아하는 술을 마시지 못하게 된 오서연이었다.

◇ ◆ ◇

어쨌든 이렇게 일이 잘 풀려가고 있는 상황에서도 정호의 마음은 계속 찜찜했다.

정 이사라는 존재가 계속 정호를 죄책감에 시달리게 했다.

그런 상태로 시간은 계속 흘러갔다.

어느새 12, 13화가 브라운관을 탔고 〈귀신 딸깍발이〉의 종영을 눈앞에 앞두게 됐다.

요즘 바람이라도 된 것처럼 순식간에 나타났다가 사라지던 정 이사가 갑자기 정호를 찾아왔다.

"오늘 술 한잔 할래?"

"저야 좋죠. 그런데 갑자기 무슨 바람이 불어서 술을 찾습니까?"

정호의 말에 정 이사는 장난기 어린 표정과 말투를 한 채 입을 열었다.

그건 마치 처음 정호를 '진지파 막내'라고 부르던 때의 표정과 말투 같았다.

"우리가 그래도 보통 사이가 아닌데 작별 인사는 제대로 해야지."

지글지글 불판 위에서 익어가는 삼겹살과 그 옆에 놓여 있는 시원한 소주를 보며 정호가 생각했다.

'이별을 하기에 이보다 좋은 조합은 없지…….'

고기 집에 도착한 정호와 정 이사는 말없이 술잔을 기울였다.

두 사람은 애써 말하려고 노력하지도 않았고, 밝은 척하지도 않았다.

무표정한 얼굴로 계속 술잔만 기울였다.

그리고 취했다.

두 명 모두.

완전히 취한 정호가 침묵 끝에 정 이사에게 물었다.

"왜 그러시는 겁니까? 도대체 왜?"

취한 건 정 이사도 마찬가지였다.

"왜 그러긴 왜 그래. 그냥 그러는 거지. 꿈을 찾는 데 이유 있냐?"

정호가 진지한 얼굴로 물었다.

"정 이사님의 꿈은 청월이 아니었습니까?"

정 이사도 덩달아 진지해졌다.

"청월이었지. 하지만 지금은 아니야."

"그러면요?"

정 이사는 바로 대답하지 않고 소주를 마신 후에 말했다.

"크. 정호야……."

"네, 이사님."

"사람은 자기가 쓰일 데를 알아야 하는 거야. 그리고 나는 알았다. 네가 나보다 청월에 쓰이기에 좋은 사람이라는 것을."

"이사님……."

정호도 맨 정신에는 정 이사의 말을 듣기가 힘들었다.

그래서 앞에 놓인 술잔을 바로 비워냈다.

정 이사가 정호의 술잔을 채워주며 말했다.

"나는 청월을 최고로 만들고 싶다. 지금도 그 마음은 변함이 없어. 다만 청월을 최고로 만들 사람은 내가 아니라 너다. 지금까지 너와 함께하면서 그걸 몇 번이고 깨달았다. 그래서 내가 떠나는 거야."

"꼭 떠나야 합니까? 꼭 그럴 필요가 있습니까?"

정호의 질문에 정 이사의 표정이 살짝 일그러졌다.

"이건…… 자존심 문제야……."

정호는 그제야 정 이사가 무슨 말을 하는지 알았다.

그리고 그랬기 때문에 아무 말도 하지 않았다.

더 이상 정 이사의 자존심을 상하게 할 수는 없었다.

정호가 아는 정 이사는 자존심을 세울 만큼의 능력이 있는 프로 중의 프로였다.

침묵하는 정호를 보고 정 이사가 말했다.

"나 죽으러 가는 거 아니야. 내가 어떤 드라마 제작사를 만들지 한번 기대해 봐라. 내 꿈은 이제 여기 있다."

정호는 고개를 끄덕이며 대답했다.

"기대하겠습니다."

정호의 대답에 정 이사가 밝게 웃으며 말했다.

"그래. 나 많이 도와주고."

〈귀신 딸깍발이〉의 종영과 함께 정 이사는 회사를 떠났다.

자신에게 어울리는 더 큰 꿈을 찾아 떠난 정 이사의 선택이었다.

그리고 인트라넷으로 새로운 인사 발령 공고문이 내려왔다.

5장. 이제는 달라질 시간

〈귀신 딸깍발이〉의 촬영 기간은 8주였다.

드라마 제작 준비 기간까지 생각한다면 더 많은 시간과 정성을 따져야겠지만 스탠바이 이후의 촬영 기간은 딱 그 정도였다.

길지도 짧지도 않은 기간이었다.

하지만 8주 만에 정말 많은 것들이 달라졌다.

우선 정문복과 아웃라이더가 재기에 성공했다.

〈귀신 딸깍발이〉의 성공과 함께 모든 드라마 OST가 큰 호응을 얻었는데 그건 정문복과 아웃라이더가 함께 부른 노래 〈포착〉도 마찬가지였다.

드라마 방영 기간 내내 플럼의 음원 차트 10위권 내에서 머물렀고 그에 따라 대단한 호평을 받았다.

일취월장한 정문복의 랩 실력에 사람들이 감탄하는 건 기본이었고, 곡에 물 흐르듯 스며들어 강렬한 박자감을 선사하는 아웃라이더의 속사포 랩에는 모든 이들이 찬사를 아끼지 않았다.

어느새 두 사람과 긴밀한 관계를 맺게 된 정호가 사람들의 반응을 살피며 속으로 생각했다.

'문복이는 톤과 호흡이 안정되면서 전체적으로 실력이 급격히 향상됐다. 아웃라이더는 이번 곡 〈포착〉의 반응을 통해서 자신감을 얻었고. 새로 계약한 두 사람이 이제 빛을 보기 시작하는구나!'

정호로서는 다소 걱정스러운 부분이 없지 않았다.

특히 아웃라이더에 대해서는 나중에 재기에 성공한다는 건 알고 있었지만, 언제 어떤 계기로 가능해질지는 알지 못했기에 불안했다.

늘 모든 일이 이전의 시간과 딱 맞아떨어지는 것은 아니었기 때문이었다.

청월과 계약을 맺은 그 시점부터 상황이 어그러져 아웃라이더가 재기에 성공하지 못하는 상황이 나올 가능성도 충분히 있었다.

하지만 아웃라이더는 보란 듯이 재기에 성공했고 자신의 가치를 증명했다.

'다행이야. 그나저나 술을 너무 많이 마시는 것 같던데. 그렇다면 금주령을 내려서 곡 작업에 매진하게 할 필요가 있겠다.'

자신을 꽐라로 만들었던 아웃라이더에 대한 소소한 복수였다.

그렇게 아웃라이더는 자신도 모르는 사이에 새로운 금주령의 피해자가 되고 있었다.

OST 작업으로 인해 성공을 거둔 것은 정문복과 아웃라이더만이 아니었다.

〈귀신 딸깍발이〉의 방영 초기부터 반응이 좋았던 오서연의 〈Slowly〉는 방송 막판 1위 자리에 오르더니 몇 주가 지나도록 내려올 생각을 하지 않았다.

오서연의 음악 생활에 아주 기념비적인 사건이었다.

오서연의 OST 작업곡은 언제나 엄청난 음원 수익을 가져다 줬지만 1위를 차지하지는 못했다.

시기상 좋지 않은 경우도 많았고, 일정 수준 이상의 대중성을 확보하는 데 늘 어려움을 겪었기 때문이었다.

하지만 이번 곡은 최초로 1위 자리를 차지했다.

세련된 곡 스타일도 스타일이지만 특히 이번 곡은 직접 쓴 가사가 무척이나 좋았다.

헤어진 연인에 대한 원망과 애틋함이 동시에 담겨 있었기 때문에 대중성을 확보하기에도 무척이나 용이한 부분도 있었다.

'이로써 서연이는 특별한 위치를 선점했다. 아마 이후로 도 꽤 오랫동안 훌륭한 가수이자 작곡가로 활동할 수 있을 거야.'

오서연의 〈Slowly〉만큼은 아니지만 블루 도넛의 〈하얗고 밝은 눈〉도 좋은 반응을 얻고 있었다.

워낙 팬층이 두터운 블루 도넛이어서 사실 정호는 블루 도넛의 〈하얗고 밝은 눈〉이 플럼의 음원 차트 1위에 오를 것이라고 예상했었다.

밀키웨이라는 후광이 있기는 했지만 오서연이라는 개인 은 아직 1위를 차지한 바가 없었고, 블루 도넛은 한동안 대 한민국을 밴드 열풍에 빠지게 할 정도로 영향력을 발휘했 기 때문에 그렇게 추측할 수밖에 없었다.

하지만 막상 뚜껑을 열어보니 1위는 오서연의 〈Slowly〉 였고 그 뒤를 블루 도넛의 〈하얗고 밝은 눈〉이 잇고 있었 다.

'이건 조금 의외랄까?'

물론 그렇다고 해서 〈하얗고 밝은 눈〉이 나쁜 곡은 아니 었다.

흔들림 없이 2위 자리를 수성하고 있다는 점에서 블루 도넛은 자신들의 저력을 충분히 증명하고 있었다.

다만 오서연의 〈Slowly〉가 그 이상으로 너무 좋은 곡이 었을 뿐이었다.

'어차피 블루 도넛의 〈하얗고 밝은 눈〉은 인지도 확인과 음원 수익을 위한 곡이었다. 블루 도넛 입장에서 진짜 승부는 이달 말 발매 예정인 두 번째 앨범이지.'

정호가 2위라는 순위에 큰 의미를 두지 않고 다음 앨범을 기대할 만큼 블루 도넛의 저력은 대단했다.

끝으로 〈귀신 딸깍발이〉에 직접 출연한 강여운과 지해른의 성공도 언급을 하지 않을 수 없는 부분이었다.

〈귀신 딸깍발이〉가 너무나도 잘나갔다.

11화에서 15%대의 시청률을 돌파하더니, 16화 종방 당시의 시청률이 20%대를 기록할 정도로 어마어마한 성공을 거뒀다.

무엇보다도 잊지 말아야 할 것은 〈귀신 딸깍발이〉가 케이블을 통해 방영되는 드라마라는 점이다.

결국 공중파로 치면 거의 30%대의 시청률을 기록했다고 봐도 무방할 인기를 구가하고 있는 셈이었다.

〈귀신 딸깍발이〉는 대한민국의 모든 것에 영향을 끼치고 있었다.

대한민국의 모든 사람들이 〈귀신 딸깍발이〉 OST를 듣는 것은 아무것도 아니었다.

패션, 음식, 생활양식 등 모든 문화의 전반에서 〈귀신 딸깍발이〉는 영향력을 행사했고, 그러다 보니 자연스럽게 강여운과 지해른의 인기도 높아졌다.

두 사람은 〈귀신 딸깍발이〉 출연 전 이미 충분히 인지도가 높았고 대한민국 최고의 배우라고 불러도 과언이 아닐 상황이었지만, 〈귀신 딸깍발이〉의 출연을 계기로 어떤 벽을 허문 듯한 느낌이 들었다.

'마치 다른 여배우들과 견줄 수 없는 경지에 올라선 느낌이랄까……'

지해른도 지해른이지만 강여운은 당대 최고의 여배우 반열에 올랐다고 볼 수 있었다.

〈귀신 딸깍발이〉를 같이 모니터링하던 민봉팔이 감격에 젖어 울먹이는 듯한 목소리로 말했다.

"정호야……. 우리 여운이가 이렇게 컸다……. 이렇게나 커 버렸어……."

어찌 보면 〈라스크 위크〉에서의 성공이 더욱 대단해 보일 수도 있었다.

하지만 〈라스크 위크〉의 강여운은 주연이 아니었다.

그저 비중이 높은 조연에 불과했다.

그런 까닭에 냉정하게 보면 〈라스크 위크〉의 전 세계적인 성공에도 불구하고, 강여운의 입지는 이제 이름을 알리고 스타가 된 새내기에 불과했다.

오히려 진정한 의미의 성공은 〈귀신 딸깍발이〉 쪽이라고 볼 수 있었다.

〈귀신 딸깍발이〉를 통해 강여운은 차원이 다른 배우가 됐기 때문이었다.

"대단해……. 정말 대단해……. 흑흑……."

민봉팔은 감격에 겨운 것인지, 아니면 〈귀신 딸깍발이〉의 최종화가 너무 슬퍼서 그런 것인지 모를 눈물을 연신 흘리고 있었다.

정호는 그런 민봉팔의 등을 두드려줬다.

정호로서도 감회가 새롭고 감격스럽기는 마찬가지였다.

'이전의 시간에서는 이름을 알리기는커녕 활동조차 제대로 하지 못하고 사라졌던 여운이가 이렇게 성장해 버렸구나……. 그래. 힘내자. 더 힘내서 이번 생을 지금처럼 바꿔보자!'

강여운의 성공은 정호에게 엄청난 힘을 주고 있었다.

정 이사와의 술자리 이후 정호는 조금 의욕이 꺾인 상태였다.

이번에도 정 이사가 청월을 나가는 걸 막지 못했다는 죄책감이 정호를 괴롭게 했다.

뿐만 아니라 자신의 엄청난 성공이 정 이사의 퇴사 결정에 직접적으로 영향을 끼쳤다는 점이 정호를 더욱더 괴롭혔다.

물론 정호를 원망하는 사람은 없었다.

두 사람 사이에서 다른 의미로 괴로워했을 윤 대표도 여전히 정호를 신뢰했고, 당사자인 정 이사조차도 정호와 청월의 앞날을 축복해 주었기 때문이었다.

하지만 의욕이 조금 꺾이는 것은 어쩔 수 없었다.

'미래를 바꾸는 것이 좋은 일만은 아닌 건가…….'

심지어 이런 생각이 들며 우울해질 때도 있었다.

정호가 이런 감정에 휩쓸리고 있던 찰나, 강여운의 성공은 좋은 계기가 됐다.

정호는 차원이 다른 배우가 된 강여운을 보며 생각을 고쳐먹었다.

'그래. 모든 것이 이전의 시간보다 좋게 흘러가고 있다. 윤 대표님도 건강이 호전되고 있고, 정 이사님도 이전의 시간처럼 회사를 나가 폐인 생활을 하지 않고 드라마 제작사 건립이라는 새로운 꿈을 꾸고 있어. 뿐만 아니라 여운이…… 여운이가 행복한 삶을 살고 있지…….'

동시에 정호가 자신감을 되찾고 확신했다.

'나는 틀리지 않았다……! 적어도 나는 지금까지 틀리지 않았어……!'

인트라넷으로 인사 발령 공고문이 내려온 것은 정호가 이렇게 스스로를 다독일 때였다.

[인사 발령 — 총괄매니지먼트부 3팀]

1. 오정호 : 부장(직급 전) 〉 이사(직급 후)

2. 민봉팔 : 실장(직급 전) 〉 부장(직급 후)

3. 김만철 : 대리(직급 전) 〉 실장(직급 후)

…….

◇ ◆ ◇

인사 발령 후 회사는 빠르게 정비됐다.

총괄매니지먼트부 3팀은 민봉팔을 중심으로 새롭게 개
편됐다.

개편이라고는 하지만 정호가 팀장으로 있을 때와 크게
다르지 않았다.

팀장과 부팀장이 각각 민봉팔, 김만철로 바뀌었을 뿐이
었다.

하지만 총괄매니지먼트부 3팀은 점차 두 사람의 스타일
로 변화할 예정이었다.

정호의 체제에서 위를 향해 눈부신 성장을 거듭했던 총
괄매니지먼트부 3팀은 이제 단단하게 내실을 다질 때였다.

다시 말하자면 민봉팔과 김만철은 총괄매니지먼트부 3
팀을 지금처럼만 잘 유지해도 충분한 성과를 낼 수 있다는
뜻이기도 했다.

정호가 쌓아올린 업적은 그만큼 대단한 것이었다.

정호는 정 이사의 자리를 메웠다.

기획이사라는 직함은 새삼 정호의 어깨를 무겁게 했지
만, 적응을 하는 데 전혀 무리가 없었다.

그럴 수밖에 없는 게 이전의 시간에서도 기획이사의 직
함을 달고 청월을 관리해 본 경험이 있는 정호였기 때문이
었다.

정호는 기획이사가 되자마자 두 개의 팀을 신설했다.

하나는 인재개발팀이었고 다른 하나는 음반제작팀이었다.

지금까지 매니저 중심으로 돌아갔던 부분을 전문화하는 방향이었다.

인재개발팀과 음반제작팀에 필요한 인원은 각 팀의 총괄 매니지먼트부에서 우선적으로 지원을 받았고 부족한 인원은 새롭게 채용했다.

각 팀의 총괄매니지먼트부에서 빠져 나간 인원만큼 신입 매니저를 뽑는 일도 잊지 않고 진행했다.

뿐만 아니라 능력에 비해 대우를 받지 못하던 의상팀도 팀장만으로 운영되고 있던 기존의 체제를 개선하여 팀장과 부팀장으로 나눠서 운영할 수 있도록 했다.

또한 의상팀 전체의 능력 향상을 위해서 인력 충원 및 실력 있는 외부 인사 영입을 실시했다.

이에 따라 의상팀은 업무의 부담감이 자연스레 줄었고 그만큼 복지적인 혜택도 누릴 수 있게 되었다.

정호가 기획이사가 되면서 청월은 큰 발전을 거듭했고 조금 더 대기업에 가까운 면모를 보일 수 있었다.

청월의 직원들도 정호를 기획이사로서 인정하기 시작했다.

이 모든 건 윤 대표의 강력한 지지가 있기에 가능한 일이었다.

짧은 시간 동안 정호는 기획이사로서 완벽하게 자리를 잡았다.

연예계의 한 획을 그을 '기획이사 오정호의 시대'가 그렇게 시작되고 있었다.

6장. 설마, 구조 조정?

기획이사가 된 지 두 달 정도의 시간이 지났다.

정호는 청월 소속 연예인의 목록을 살펴보고 있었다.

총괄매니지먼트부 3팀의 팀장 시절에도 어느 정도 다른 팀의 연예인에 대한 정보를 가지고 있었지만, 상세히 정리하여 살펴보는 것과는 질 자체가 달랐다.

그랬기 때문에 정호는 각 팀장들에게 소속 연예인에 대한 자세한 보고서를 요구했고 현재 그 보고서를 검토 중이었다.

정호가 보고서를 살펴보며 생각했다.

'확실히 가수 쪽은 탄탄하군. 반면에 배우 쪽은 조금 부족한 감이 있어. 특히 남자 배우가 턱없이 적어.'

총괄매니지먼트부 3팀에는 남자 배우가 없었지만 그렇다고 해서 청월 자체에 남자 배우가 아예 없는 것은 아니었다.

청월 전체로 봤을 땐 총 세 명의 남자 배우가 소속되어 있었고 그중에 두 명은 주연급으로도 활약할 수 있는 배우였다.

다른 한 명은 이번에 새로 계약한 신인 배우였지만 현재 일일드라마의 조연으로 활약하며 차근차근 성장하는 중이어서 기대가 되는 인재였다.

'하지만 이 배우는 현재까진 조연급일 뿐이지. 문제는 주연급이다. 주연급이 두 명이나 되지만 두 명 다 영향력이나 인지도 면에서 너무 약해.'

숫자는 적을 수 있었다.

실제로 청월에 소속된 여자 배우의 숫자가 총 여섯 명이라는 걸 감안하면, 남자 배우의 숫자가 터무니없이 부족한 것은 사실이었다.

하지만 문제는 그것만이 아니었다.

청월에는 강여운급의 남자 배우가 존재하지 않았다.

심지어 지해른과 비교하기에도 다소 미안할 느낌이 들 정도로 남자 배우들의 영향력이나 인지도가 낮았다.

만약 남자 배우들 중에 강여운이나 지해른 정도의 배우가 있었다면 남자 배우의 숫자가 여자 배우의 숫자의 절반 정도밖에 되지 않아도 이 정도로 부족해 보이지는 않았을 것이다.

매니지
먼트의
제왕 5

'총괄매니지먼트부 1팀의 소속이었던 성민훈이 남았더라도 말이지……'

성민훈은 청월의 간판 스타였던 남자 배우였다.

해외 촬영으로 정 실장을 불러들여 '김교빈 생일 파티사건'의 간접적인 원인이 되었던 배우이기도 했다.

어쨌든 성민훈은 청월 건립 초기에 계약하여 8년간 청월과 함께했지만 작년에 재계약을 하지 않고 메세나라는 소속사로 옮겼다.

특별히 청월이 잘못한 것은 없었다.

다만 메세나가 청월보다 딱 두 배 좋은 조건을 제시했을 뿐이었다.

종종 이렇게 타 소속사의 간판스타를 데려오기 위해서 빅딜을 하는 경우가 있었다.

성민훈을 잡기 위해 청월에서도 비슷한 조건을 제시했지만, 강여운의 등장으로 자신의 입지가 약해졌다고 생각한 성민훈은 메세나로 둥지를 옮겼다.

청월로서는 아쉽지만 어쩔 수 없는 일이었다.

이런 게 시장 논리였다.

'어쨌든 그렇게 성민훈을 놓치면서 남자 배우 쪽이 확실히 약화된 느낌이야. 무슨 좋은 수가 없을까?'

가장 먼저 떠오른 것은 신인 발굴이었다.

이전의 시간을 기억하고 있는 정호가 자주 이용하던 방법이었다.

하지만 정호는 고개를 저었다.

'효과는 확실하겠지. 하지만 두 가지가 마음에 걸린다.'

하나는 기획이사의 지위에 오르며 정호가 가장 먼저 만든 인재개발팀 때문이었다.

현재 인재개발팀이 신규 발족되면서 의욕적으로 일을 해나가는 중이었다.

그런 상황에서 정호가 엄청난 신인을 데려온다면 회사 내에서 잡음이 일어날 것이 분명했다.

'특히 인재개발팀 존립의 당위성이 훼손될 수 있는 문제야. 인재개발팀이 자리를 잡고 성과를 낼 때까지 단독 행동은 자제해야 한다. 뭐, 넌지시 도움을 줄 수는 있겠지.'

사실 인재개발팀은 정호가 신인을 조금 더 마음 편히 데려올 수 있도록 만든 팀이기도 했다.

물론 그 효용성은 인재개발팀이 어느 정도 자리를 잡은 후에나 나타날 것이다.

신인 남자 배우를 데려올 수 없는 다른 이유 하나는 기존의 배우들에게 생길 수 있는 불만이었다.

청월에 소속된 남자 배우 셋은 모두 좋은 배우였다.

이 세 명의 배우가 실력이나 능력만큼의 영향력과 인지도를 얻지 못한 것은 운이라는 요소가 안 좋게 작용한 탓도 있었지만, 기본적으로 총괄매니지먼트부 1팀과 2팀의 잘못이었다.

누가 보아도 세 사람은 적절한 관리만 들어간다면 분명 지금보다 나은 배우로 평가받을 수 있었기 때문이었다.

그런 까닭에 새로운 남자 배우가 등장해 인기를 끈다면 기존의 배우들 입장에서는 자신들이 홀대받는다고 생각할 가능성이 높았다.

남자 배우를 늘려야 하는 상황에서 이런 불만이 생긴다면 최악의 경우 기존 배우의 이탈이 생길 수도 있었다.

'남자 배우들의 질적 성장과 양적 성장을 모두 꾀해야 하는 상황에서 이런 가능성은 최대한 배제하는 게 좋다. 일단 기존의 배우들을 성장시키자. 신인 남자 배우의 영입은 이후의 문제다.'

정호는 청월에 소속된 기존의 세 배우를 성장시키는 것으로 가닥을 잡고 세 배우의 보고서를 다시 살펴봤다.

조준환 : 나이 31. 경찰 공무원으로 활동을 하다가 늦은 나이에 연극판에 뛰어듦. 연기에 대한 열정이 있었고 갖은 노력 끝에 일일드라마의 주연이 되었으나, 흔하지 않은 일일드라마의 흥행 실패로 큰 좌절을 맞봄. 이 좌절로 인해 최근 어려움을 겪고 있으며 몇 차례 조연 역할의 자리가 생겼지만 출연을 고사함. 특히 담당 매니저 강대춘에 대한 신뢰도가 높으나 강대춘의 능력은 몇 차례 보고된 바와 같이 출중하지 못함. 조준환이 긴 슬럼프를 이겨내지 못하는 원

인이라 사료되어 담당 매니저 교체를 제의했지만 조준환 쪽에서 거절함.

백민후 : 나이 27. 뛰어난 연기력으로 다수의 작품에 출연했고 지금껏 꾸준히 고평가를 받아왔음. 하지만 좋은 연기력에 비해 생활 부분에서 매사 불만이 많고 주변 인물과의 불화가 끊이지 않아 빠짐없이 촬영 중 문제가 발생함. 이 문제를 해결하고자 담당 매니저에게 타이트한 관리를 요구하면 언제나 담당 매니저와 크게 다투고 담당 매니저의 교체를 요구함. 백민후의 성격을 고쳐보고자 매니저 교체를 최대한 하지 않으려고 했지만 굵직한 불화가 계속되어 어쩔 수 없이 매번 매니저를 교체함. 현재 14번째 담당 매니저가 백민후를 관리 중임.

차수준 : 나이 23세. 광고 모델 출신으로 스무 살 때부터 각종 미니 시리즈의 조연 배우로 꾸준히 활약 중임. 다만 연기에 대한 욕심이 과도하고 본인의 외모에 대한 자신감이 높아 과장된 연기가 단점으로 매번 꼽힘. 이러한 연유로 매번 서브 남자 주연 기회를 박탈당함. 명예욕도 상당히 높은 편이라 종종 기회주의적인 면모를 보임. 최근에는 당사보다 좋은 조건을 제시한 소속사로 둥지를 옮기려고 했으나, 해당 소속사가 위약금 문제를 차수준에게 떠넘겨 계약이 불발됨.

정호는 살짝 두통이 이는 듯한 기분이 들었다.

보고서를 자세히 읽어보니 단순히 총괄매니지먼트부 1, 2팀의 무능으로 세 배우가 뜨지 못한 게 아니라는 것을 알 수 있었다.

'휴…… 그래. 이 정도 문제도 없는 연예인들이 흔한 게 아니지. 사실 총괄매니지먼트부 3팀의 연예인들이 유별난 거니깐.'

확실히 총괄매니지먼트부 3팀에는 이런 문제를 일으키는 연예인이 없었다.

정호가 인성까지 고려해 스카우트를 했기 때문에 나온 결과였다.

'지금까지가 편했던 거다. 좋아. 이제 고생 좀 해볼까?'

정호는 조준환, 백민후, 차수준의 성장 프로젝트에 본격적으로 뛰어들었다.

정호가 먼저 해결을 보기로 마음을 먹은 대상은 조준환이었다.

사실 조준환은 정호의 기억에 없는 배우였다.

이전의 시간에서 정호는 이보다 늦은 시기에 이사 자리에 올랐다.

'아마 조준환은 내가 이사직에 올랐을 즈음에는 이미 연예계를 떠난 상태였겠지…….'

그래서 사실 고민이 됐던 것도 사실이었다.

지금까지 정호는 이전의 시간에서 성공을 하거나 재기를 한 연예인만을 상대해 왔기 때문이었다.

여기에 해당되지 않는 연예인은 강여운이 유일했다.

'하지만 그렇다고 해서 조준환이 성공하지 못할 이유는 없지. 여운이를 성공시킨 것처럼 조준환도 반드시 내 손으로 성공시켜 보이겠다!'

정호는 자신감이 있었다.

강여운이라는 좋은 예시도 예시였지만 정호는 이미 베테랑이었다.

이전의 시간에서도 자신의 감만으로 여러 연예인을 성공시킨 베테랑 중의 베테랑.

'조준환은 좋은 인재야. 조준환이 겪고 있는 슬럼프도 배우라면 누구나 한 번쯤 겪어볼 만한 일이다. 내 기억에는 남아 있지 않지만, 만약 이전의 시간에서 조준환이 슬럼프를 이겨내지 못했다면 그건 담당 매니저인 강대춘의 문제일 가능성이 농후하다.'

실제로 총괄매니지먼트 1팀의 팀장인 양 부장은 보고서를 통해 조준환이 슬럼프를 이겨내지 못하는 게 강대춘의 때문이라고 말하고 있었다.

정호는 강대춘을 만나보기로 했다.

하지만 그전에 양 부장에게 전화를 걸어서 전후 사정을 정확하게 파악할 필요가 있었다.

한참 뚜루루, 하고 통화연결이 이어지고 양 부장이 공손한 태도로 전화를 받았다.

"아이고, 오 이사님. 어쩐 일이십니까?"

정호는 자신이 신입 매니저였던 시절부터 '부장'이었던 양 부장에게 상사로서 전화 통화를 한다는 데 조금 오묘한 기분이 들었다.

하지만 그런 기분은 잠깐이었다.

이전에도 이런 경험을 해보지 않은 것은 아니었기 때문이었다.

정호가 오묘한 기분에서 빠져나오며 대답했다.

"양 부장님, 잘 지내고 계시나요? 한 가지 여쭤보고 싶은 것이 있어서 전화를 드렸습니다."

"아아, 저는 오 이사님 덕분에 아주 잘 지내고 있습니다. 어떤 것이든 물어봐 주세요. 뭡니까?"

"다름이 아니라 조준환 씨의 담당자 매니저인 강대춘 씨에 대해서 묻고 싶어서 전화를 드렸습니다. 단도직입적으로 물어보겠습니다. 강대춘 씨는 어떤 인물입니까?"

"어…… 그게…….”

양 부장은 살짝 당황하는 듯했다.

보고서에 조준환이 슬럼프를 이겨내지 못하는 이유가 강대춘이라고 적긴 했지만 그건 양 부장이 강대춘을 미워

하기 때문이 아니었다.

그냥 불도저라는 별명을 가진 양 부장의 스타일 때문이었다.

워낙 직설적이고 거짓말을 못하는 사람이다 보니 그렇게 솔직하게 적을 수밖에 없었던 것이다.

양 부장은 강대춘에게 불이익이 갈까봐 한참 말을 고르는 것 같더니 간신히 입을 열었다.

"휴…… 제 성격상 거짓말은 못하겠군요……. 그냥 솔직히 말씀드리겠습니다. 대춘이는 심정도 곱고 능력도 있는 녀석입니다. 다만……."

"다만?"

"조금 게을러요. 또 아주 중요한 순간에 유우부단하게 행동하는 면이 좀 있죠."

정호가 고개를 끄덕였다.

양 부장의 대답을 통해서 조준환이 어째서 강대춘을 신뢰하고, 동시에 조준환이 어째서 강대춘으로 인해 슬럼프를 이겨내지 못하는지 대충 알 수 있었다.

이후 양 부장이 강대춘에 대한 사견을 길게 늘어놓았기 때문에 정호는 강대춘이 어떤 사람인지 확신할 수 있었다.

전후 사정을 대략적으로 파악한 정호는 양 부장에게 물었다.

"얘기는 잘 들었습니다. 그럼 한 가지만 묻겠습니다. 강대춘을…… 회사에 쫓아내는 건 어떻겠습니까?"

정호의 너무나도 직설적인 표현에 불도저라는 별명을 가진 양 부장조차도 헙, 하고 헛바람을 들이켰다.

양 부장님 더듬거리며 물었다.

"꼭…… 그래야만 하겠습니까……?"

정호가 정말 강대춘을 쫓아낼 생각을 하고 이런 말을 꺼
낸 것은 아니었다.

양 부장의 반응을 보고 최종적으로 강대춘에 대한 조처
를 결정하기 위함이었다.

그리고 정호는 양 부장의 반응을 보며 속으로 결론을 내
렸다.

'양 부장은 동료에 대한 정이 많지만, 중요한 결정을 내
릴 땐 누구보다도 단호하고 저돌적인 사람이다. 그런 양 부
장이 이런 식으로 반문한다는 건 강대춘이 아직 총괄매니
지먼트부 1팀에 필요한 인물이라는 뜻이지.'

결론을 내린 정호가 양 부장을 향해 입을 열었다.

"하하하, 그냥 해본 말이었습니다. 팀원에 대한 인사권은 기본적으로 양 부장님이 가지는 것이 맞죠. 그럼 한 가지만 더 묻겠습니다."

"네네, 뭐든 물어봐 주세요."

"강대춘 씨의 장점은 무엇입니까?"

강대춘은 요즘 할 일이 없었다.

담당하고 있는 연예인이 조준환 하나인데, 조준환이 슬럼프에 빠져 있으니 할 일이 없는 게 당연했다.

그래서 강대춘은 지금 TV를 틀어놓은 채 휴게실 소파에 앉아 있는 중이었다.

특별한 이유는 없었다.

그저 게으름을 피우기 위한 방편이었다.

청월은 휴게실에서 TV를 보는 것을 자기 계발의 일부라고 생각하는 편이었다.

특히 신입 매니저들에겐 이런 종류의 모니터링을 권장하기도 했다.

그랬기 때문에 강대춘은 이런 청월 특유의 기업 문화를 이용해서 마음껏 게으름을 피우고 있는 것이었다.

거의 누운 자세로 반쯤 눈을 감은 채 강대춘이 속으로 생각했다.

'아…… 이럴 게 아니라 준환이 일을 물어와야 할 텐데…… 준환이 기분도 좀 풀어주고…….'

하지만 이런 마음은 게으른 몸에게 패배를 선언했다.

'이렇게 십 분만…… 십 분만 자고 일어나서 점심 먹고 바로 일을 잡으러 가겠다…….'

강대춘은 그렇게 잠이 들었다.

어제도 같은 시각에 이런 생각을 하며 잠이 들었다가 점심을 먹고 또다시 잠을 잤다는 걸 잊은 강대춘이었다.

◇ ◆ ◇

정호는 양 부장과의 통화를 끝내고 바로 강대춘의 전화번호를 받아 전화를 걸었다.

하지만 강대춘은 전화를 받지 않았다.

'오호라…….'

정호는 이전의 시간에서 강대춘과 같은 부하 직원을 이미 수차례 경험한 바가 있었다.

그러다 보니 지금 강대춘이 어떤 자세로 어떤 행동을 보이고 있을지가 눈에 훤했다.

'일단 총괄매니지먼트부 1팀의 휴게실로 간다. 보나마나 거기서 농땡이를 피우고 있을 테니깐.'

정호의 생각대로였다.

신입 매니저조차 현장에 나가 일을 하고 있을 그 시각에 강대춘은 휴게실 소파에 누워 코를 골고 있었다.

'어쭈? 진짜 있네? 이것 봐라……'

정호는 양 부장한테 다시 전화를 걸었다.

"양 부장님? 아까 말씀드린 회의, 여기서 진행하죠? 점심시간이 끝나면 자료 준비하신 거 들고 이쪽으로 와주세요."

"서 비서, 점심 먹고 아까 제가 준비한 자료 좀 이쪽으로 가져다줄 수 있나요? 아뇨. 그거 말고 파란색 파일철이요."

점심시간이 끝나고 양 부장을 비롯한 총괄매니지먼트부 1팀의 팀원들이 먼저 휴게실에 도착했다.

코 고는 소리로 어렵지 않게 강대춘을 발견한 총괄매니지먼트부 1팀의 팀원 중 하나가 민망해하며 강대춘을 깨우려고 했지만 정호가 저지했다.

잠시 후, 이사 자리에 오르면서 생긴 정호의 비서 서혜지가 정호가 말한 파란색 파일철을 가지고 왔다.

정호가 양 부장과 총괄매니지먼트부 1팀의 팀원들을 향해 입을 열었다.

"자, 회의를 시작해 볼까요?"

"이보다는 이쪽이 낫지 않겠습니까?"

"그게 가능하다면 그쪽이 훨씬 낫겠지요. 하지만 그 건을 무는 것은 현실적으로 불가능합니다."

"제가 황 PD랑 안면이 있으니 전화를 해볼까요?"

"이 자리에 황 PD랑 안면 없는 사람이 어디 있어? 전부 황 PD랑 안면 있는 사이지."

"아아, 저 녀석은 조금 다릅니다. 황 PD랑 엄청 친해요. 어제도 같이 밤새 술을 마셨다던데요?"

"요즘 같은 때에 인맥 같은 게 통할 리는 없겠지만 시도해 봐서 나쁠 건 없지요. 반감을 사지 않는 쪽에서……."

강대춘은 시끄러운 소리에 잠에서 깼다.

딱히 귀가 밝아서 그런 것은 아니었다.

점심시간 전에 잠이 들어 거의 세 시간에 가깝게 잠을 잤으니 잠이 깨는 것은 어찌 보면 당연했다.

잠이 덜 깼는지 강대춘은 소파에서 몸을 일으켰지만 상황을 파악하지 못한 채 눈만 껌벅였다.

강대춘이 생각했다.

'이게 무슨 상황이지……? 왜 우리 팀 사람들이 여기에 다 모여 있는 거지……? 어……? 양 부장님도 계시네……? 그리고 저 사람은…… 오 이사님……?'

소파에 앉은 채 몸을 가누지 못하던 강대춘이 벌떡 자리에서 일어나 섰다.

탁! 하고 바닥에 서는 소리에 사람들의 시선이 강대춘에게 쏠렸다.

강대춘이 일어선 채 당황한 듯 어버버거렸다.

"어…… 저는…… 그러니깐…… 잠깐 여기 와서……."

하지만 양 부장을 비롯한 총괄매니지먼트부 1팀의 팀원들과 정호는 관심이 없다는 듯 다시 회의에 집중했다.

"그럼 황 PD와는 전화를 해 보는 것으로 하고 다른 쪽도 생각해 봅시다."

"그건 어떨까요? KBC에서 이번에 괜찮은 드라마 제작 소문이 들리던대요?"

"아, 민 작가의 신작?"

"저도 얘기 들었습니다. 대본이 꽤 잘 빠져서 드라마 제작사가 엄청난 기대에 부풀어 있다고 하더라고요."

자다가 일어났기 때문에 지금 벌어지는 회의가 무엇인지 강대춘은 따라가지 못한 채 한참 눈알만 굴렸다.

'아이 참, 미치겠네……. 이게 도대체 뭐지……? 왜 팀원 전체랑 이사님이 여기서 회의를 하고 있는 거야……? 여길 나가야 하는 건가……? 아니면 저기 비어 있는 자리에 지금이라도 앉아야 하는 건가……?'

누가 봐도 의도적으로 비어 있는 자리 하나를 보며 강대춘이 이런 생각을 하고 있을 때에도 회의는 계속됐다.

"근데 민 작가의 신작에 준환이가 들어갈 자리가 있을까요?"

"모릅니다. 하지만 없어도 미리 작업을 해야죠. 지속적으로 접촉해서 눈도장을 찍어놔야 할 필요성 있어요. 그게 조준환 씨에게 좋은 일이니까요."

한참 비어 있는 자리를 보고 그렇게 고민을 하고 있는데 팀원들의 입에서 조준환의 이름이 나오자마자 강대춘은 지금의 상황을 파악할 수 있었다.

'아……! 이건…… 일종의 회의를 빙자한 청문회구나……!'

양 부장이 정호에게 말한 강대춘의 최고 장점은 '빠른 눈치'였다.

그리고 그 강대춘의 장점이 지금 발휘되고 있었다.

강대춘의 생각대로 이건 회의를 빙자한 강대춘의 청문회였다.

강대춘이 쭈뼛쭈뼛 회의가 벌어지고 있는 테이블로 다가와 비어 있는 자리에 앉았다.

그사이에도 정호가 입을 열어 발언을 했다.

"하지만 고민이 되는 것이 사실이군요. 조준환 씨의 일에 열정을 가지고 드라마 제작사나 민 작가를 쫓아다닐 사람이 과연 있을까요? 현재 총괄매니지먼트부 1팀의 인력이 조금 부족하다는 소릴 얼핏 들었는데요?"

양 부장님이 고개를 끄덕이며 끼어들었다.

"솔직히 부족한 것이 사실입니다. 그래서 최근 인력 충원에 대한 보고서를 올려둔 상태죠."

강대춘은 정호와 양 부장이 아닌 척 자신을 나무라고 있다는 사실을 깨달았다.

　'이크……! 지금 손을 들어야 한다……! 지금이라도 손을 들어서 나 자신을 어필하지 않으면 끝이야……!'

　강대춘이 이런 생각을 하며 손을 들려는 찰나, 누군가 선수를 쳤다.

　"제가 하겠습니다."

　정호가 감탄사를 냈다.

　"오오."

　양 부장 또한 감탄사를 내며 자진해서 손을 든 총괄매니지먼트부 1팀의 팀원에게 물었다.

　"아아. 좋네, 좋아. 근데 괜찮은가? 현재 담당하고 있는 연예인만으로도 꽤나 벅차다는 얘기를 들었는데?"

　손을 든 직원이 문제없다는 듯 어깨를 으쓱하며 대답했다.

　"시간을 어떻게든 내야죠. 청월에 소속된 연예인을 위한 일이잖아요."

　강대춘은 손을 든 직원이 얄미운 동시에 초조한 마음을 느꼈다.

　'아니…… 저 녀석이 왜 저러지……? 평소 나랑 같이 놀기 좋아하던 녀석이 왜……? 이미 각본이 짜여 있는 건가……? 안 돼……. 이대로는 끝이다……. 이대로는 끝이라고……!'

그때 정호가 한마디를 덧붙였다.

"확실히 그러면 드라마 제작사 쪽과 민 작가 쪽은 커버가 가능하겠군요……. 하지만 한 가지 간과하지 말아야 할 것이 있어요."

양 부장이 정호의 말을 받았다.

"그게 뭐죠?"

"다름 아닌…… 조준환 씨입니다. 조준환 씨의 마음을 달래줄 사람이 필요해요. 아무리 우리가 노력해도 조준환 씨의 마음을 달래주지 않으면 조준환 씨는 지금까지 그래온 것처럼 드라마 출연을 고사할 테니까요."

강대춘은 직감적으로 지금이 나설 타이밍이라는 걸 알았다.

지금 나서지 않으면 자신은 정말 끝이 나는 것이나 다름이 없었다.

강대춘이 번쩍! 손을 들었다.

모든 사람들이 시선이 다시 한 번 강대춘을 향했다.

"제가 하겠습니다! 준환이의 마음은 제가 한번 달래보겠습니다!"

강대춘의 반응을 보며 정호가 씨익, 웃었다.

그러고는 말했다.

"한 달. 딱 한 달을 주겠습니다. 할 수 있겠습니까?"

정호의 표정을 보며 강대춘은 이 모든 상황이 자신을 궁지로 몰아넣기 위한 오 이사의 전략이라는 사실을 깨달았다.

하지만 어쩔 수 없었다.

이미 자신은 벼랑 끝에 몰린 사냥감일 뿐이었다.

'내가 해야 할 일까지 우리 팀원들에게 떠넘겨 버린 상태다……. 이 일마저도 해내지 못하면 청월에서 더 이상 내 미래는 없다…….'

생각 끝에 강대춘이 꿀꺽, 침을 삼키며 대답했다.

"하겠습니다, 무조건."

◇ ◆ ◇

총괄매니지먼트부 1팀과 정호가 함께한 긴급회의가 끝이 났다.

회의가 끝나자마자 강대춘이 짐을 싸들고 헐레벌떡 밖으로 뛰쳐나갔다.

"어…… 준환이니……? 지금 어디에 있어……? 집이라고……? 알겠어. 내가 지금 그쪽으로 갈게……."

바로 조준환에게 전화를 걸어 의욕적으로 움직이고 있는 강대춘을 보며 양 부장이 고개를 저었다.

그러더니 정호에게 말했다.

"정말 대단하십니다."

진심 어린 감탄이 들어 있는 말투였다.

솔직히 양 부장은 정호를 완벽하게 인정하지 않았다.

기본적으로 양 부장의 스타일은 감을 따라가는 쪽이었고,

정호의 스타일은 분석으로 접근하여 전략을 세우는 쪽이었
다.

그러다 보니 왠지 양 부장은 정호가 지금까지 쌓아온 업
적에도 불구하고 정호를 인정하기가 쉽지 않았다.

자신보다 나이가 어린 사람이라는 점도 조금 마음에 걸
렸다.

양 부장 스스로가 상대적으로 부족한 사람처럼 보였기
때문이었다.

하지만 지금 이 순간만큼은 정호를 인정하지 않을 수 없
었다.

정호는 단 몇 시간 만에 강대춘이라는 총괄매니지먼트부
1팀의 문제아를 바꿔 놓았다.

정호가 웃으며 양 부장의 말에 대꾸했다.

"하하하, 대단하긴요. 이 모든 게 양 부장님을 비롯한 총
괄매니지먼트부 1팀의 팀원들의 연기가 굉장히 좋았던 덕
분입니다. 다들 매니저가 아니라 연기자를 해도 손색이 없
겠던데요? 하하하."

정호의 너스레에 양 부장을 비롯한 총괄매니지먼트부 1
팀의 팀원들도 따라 하하하, 하고 웃었다.

양 부장이 웃으며 정호의 농담을 받았다.

"제가 이렇게 생기지만 않았어도 진짜 연기자를 해보는
건데…… 안 그렇습니까? 하하하."

"하하하. 그렇고말고요."

총괄매니지먼트부 1팀의 문제아, 강대춘이 서둘러 조준환을 향해 자동차를 몰고 가고 있을 때 양 부장을 비롯한 총괄매니지먼트부 1팀의 팀원들은 정호를 향한 엄청난 신뢰를 보내고 있었다.

 총괄매니지먼트부 1팀의 팀원들도 알고 있었다.

 솔직히 강대춘을 해고해도 이상하지 않을 상황이라는 사실을.

 하지만 정호는 그런 강대춘을 해고하기보다는 강대춘 스스로가 변화할 수 있는 계기를 만들어주는 데 힘썼고, 이런 상황이 총괄매니지먼트부 1팀의 팀원들에게 믿음을 줬다.

 그렇게 정호는 조금씩 직원들에게 이사로서 인정을 받고 있었다.

 정호가 이번 일을 통해 얻은 것은 인정(人情)과 철혈(鐵血)의 이미지였다.

8장. 같은 상황, 다른 생각

조준환의 문제는 어느 정도 해결이 됐다고 봐야 했다.

강대춘이 적극적으로 나선다면 조준환이 슬럼프를 이겨

내는 것은 시간문제였다.

그만큼 강대춘에 대한 조준환의 신뢰도는 높았고, 슬럼

프라는 것은 본래 정성만 기울인다면 어렵지 않게 극복할

수 있었다.

슬럼프라는 건 결국 생각의 차이가 만들어낸 문제였기

때문이었다.

'문제는 해결되겠지. 진짜 그렇게 될지는 조금 더 지켜

봐야 알겠지만.'

정호는 강대춘의 행보와 조준환의 상태를 수시로 체크해

야겠다고 마음을 먹으며 다음 문제에 대해서 생각했다.

'다음은 백민후인가?'

백민후 문제는 조금 차분히 접근할 필요가 있었다.

정호가 알아본 바에 따르면 백민후로 인해 발생된 일련의 문제들은 백민후의 성격 자체가 굉장히 예민하기 때문에 생긴 것들이었다.

사람들은 이 사실을 모르고 너무나도 쉽게 백민후에게 접근하고 있었다.

'당장 뭔가를 고쳐 보겠다고 접근하면 오히려 역효과가 날 것이 분명해. 어떤 방법이 좋을까?'

◇ ◆ ◇

백민후는 요즘 신경이 여러모로 날카로운 상태였다.

오디션에서 연이어 쓴잔을 맛보고 있으니 그럴 수밖에 없었다.

사무실 한편에 앉은 채 백민후가 생각에 잠겼다.

'어째서 자꾸 이런 결과가 나오는 거지? 연기는 완벽했는데…… 분명 좋았는데…….'

백민후의 생각대로 연기는 좋았다.

워낙 예민하고 꼼꼼한 성격이다 보니 백민후는 오디션 하나라도 허투루 보지 않았고, 그런 까닭에 백민후의 연기력만큼은 늘 최상이었다.

하지만 백민후가 오디션에서 자꾸 떨어지는 것은 연기력 때문이 아니었다.

이미 연예계에 파다하게 퍼진 백민후에 대한 소문 때문이었다.

벌써 2년 전부터 연예계에는 백민후와 같이 작업하여 좋은 꼴을 본 적이 없다는 소문이 퍼질 대로 퍼진 상태였다.

그런 상태에서 백민후는 이 소문이 사실이라는 것을 2년간 여러 차례의 작업으로 증명을 했으니 백민후와 함께 작업하길 원하는 사람이 있을 리가 없었다.

백민후는 몰랐지만 백민후가 오디션장 들어오는 즉시 탈락이 확정됐다.

PD, 작가, 제작사 입장에서는 연기를 볼 것도 없었다.

하지만 백민후는 이런 사실도 모른 채 계속 고민했다.

'어째서 계속 이런 결과가 나오는 걸까? 캐릭터에 접근하는 방식이 너무 단순했나? 아니면 카메라 테스트에서 너무 정면으로만 승부를 했나? 아니야…… 이런 게 아니야……. 다른 이유가 분명 있을 텐데…… 도대체 그게 뭐지?'

백민후는 아무리 고민을 해도 답이 나오지 않자 자신에 옆에서 대본을 훑어보고 있는 14번째 매니저에게 말을 걸어 고민을 나누려다가 말았다.

자신에게 새로 배정된 입사 1년 차의 신입 매니저가 뭔가를 알 리가 없다고 판단한 것이었다.

백민후 입장에서는 특별한 일도 아니었다.

백민후는 기본적으로 매니저에 대한 불신이 강한 편이었다.

'경력이 없으면 너무 멍청해서 문제고, 조금이라도 경력이 생기면 담당 연예인에게 이래라저래라 쓸데없는 잔소리나 늘어놓는 무능한 놈들……. 결국 이놈들은 날 케어하기 위해서가 아니라 날 착취하고 감시하기 위해서 붙여진 것일 뿐이지…….'

이런 것이 백민후가 가진 근본적인 문제점이었다.

예민하고 꼼꼼하다는 건 표현하기에 따라서는 섬세하고 빈틈이 없다는 것으로 볼 수 있었다.

다시 말해서 단점이 아니라 장점으로 작용할 수도 있는 성격이라는 뜻이었다.

하지만 백민후는 고집이 너무나도 강했다.

그래서 한 번 어떤 식으로 생각하기 시작하면 도저히 그 생각을 바꾸지 않았다.

그런 탓에 백민후의 많은 생각들은 편견이 되어 남았고, 이 편견이 백민후의 발목을 잡고 있었다.

물론 백민후는 이 사실을 알지 못했지만.

백민후가 휴, 하고 한숨을 쉬었다.

백민후의 14번째 매니저는 그 한숨 소리를 듣고 고개를 들었다가 금세 다시 고개를 숙이고 대본을 훑었다.

괜히 불똥이 튈까봐 염려하는 기색이었다.

이런 기색을 파악하지 못하고 백민후가 홀로 생각에 빠졌다.

'나도 좋은 매니저를 만났다면 지금보다 나은 처지에 놓여 있었을까……. 그래……. 오 이사님 같은 분이 내 매니저였다면 내가 연기에만 집중할 수 있게 해주셨을 텐데…….'

매니저라는 직업에 대해서 기본적으로 불신을 가지고 있는 백민후였지만, 백민후도 청월에서 생활하며 정호가 얼마나 대단한 인물인지 귀에 닳도록 들은 상태였다.

정호는 어느새 모든 연예인들의 꿈이 되어 있었다.

그럴 수밖에 없는 게 정호는 자신이 담당했던 모든 연예인을 스타로 만들어 놓았기 때문이었다.

그뿐만이 아니었다.

백민후가 정호에 대해서 높이 평가를 하는 것은 연예인을 누구보다 인간적으로 대한다는 바로 그 심성에 있었다.

'실제로는 어떤 분인지 알 수 없지만, 그 미담이 모두 사실이라면…… 그분보다 좋은 매니저는 없지……. 나도 그런 분에게 많은 걸 배우고 싶었는데…….'

백민후는 갑자기 다시 가슴속에 불만이 솟아오르는 걸 느꼈다.

괜히 자신 앞에서 대본을 검토하고 있는 14번째 매니저가 꼴 보기 싫어졌다.

백민후의 14번째 매니저는 뭔가 심상치 않은 낌새를 느꼈는지 대본에 눈을 떼지 못한 채 몸을 한 차례 떨었다.

백민후가 그것을 보고 폭발해서 뭔가 한마디를 하려던 찰나, 청월의 직원으로 보이는 두 사람이 백민후 앞을 지나갔다.

"너도 그 얘기 알지?"

"무슨 얘기?"

"오 이사님이 해른 씨를 어떻게 데려와 키우게 됐는지 말이야."

"알지. 그 얘기 모르는 사람이 어디 있어."

"오 이사님은 알면 알수록 정말 대단한 사람 같아. 왠지 나는 요즘 오 이사님이 뜨지 못할 거라고 말하는 연예인이 있으면 정말 그렇게 될 것 같다는 생각을 한다니깐?"

"너도 그러니? 나도 그래. 하도 성공을 잘 맞추시잖아. 그러다 보니 오 이사님이 뜨지 못할 연예인도 구분할 것 같다는 생각이 들었어."

두 직원이 수다스럽게 떠들며 지나갔다.

백민후는 자신도 모르게 자신의 매니저가 그랬던 것처럼 몸을 떨었다.

'확실히 그건 좀 무섭군⋯⋯. 만약 오 이사님이 내 매니저가 돼서 나한테 뜨지 못할 것 같다고 말한다면⋯⋯ 으⋯⋯. 생각만으로 끔찍해⋯⋯. 그냥 멍청한 매니저들도 만족해야 하는 것인가⋯⋯?'

이런 생각에 빠지느라 백민후는 자신의 매니저에게 한소리를 한다는 것도 잊었고, 동시에 자신의 앞에서 큰 소리로 대화를 하는 두 직원의 연기가 어색하다는 사실도 깨닫지 못했다.

그렇게 백민후가 생각에 빠져 있는 사이, 자신의 1년 차 신입 매니저가 말을 걸었다.

"형……."

백민후가 생각에서 빠져나오며 날카롭게 반문했다.

"나한테 말 걸 때는 큰 소리로 씩씩하게 말하랬지?"

"죄송합니다……."

주눅이 든 매니저를 보며 의욕이 꺾인 백민후가 대꾸했다.

"휴…… 됐다, 됐어. 내가 너 같은 걸 데리고 무슨 얘길 하냐……. 뭔데?"

"네?"

"사오정이냐? 방금 하려던 말이 뭐냐고?"

그제야 1년 차 신입 매니저가 맥락을 파악하며 말했다.

"아…… 다름이 아니라 갑자기 상부에서 내려온 지시인데요……. 저 오늘부로 형 매니저 끝이에요……."

"뭐? 그게 무슨 소리야?"

"사실…… 오늘 형한테 새로운 매니저가 배정됐거든요."

상황을 파악한 백민후는 다시 짜증이 치밀어 오르는 걸 느꼈다.

백민후가 1년 차 매니저를 쏘아붙이기 시작했다.

"나한테? 야! 너는 진짜 멍청이냐? 그 얘길 왜 이제야 하는 거야! 적어도 한 달 전에는 말했……."

그때 뒤에서 누군가의 목소리가 들려왔다.

"제가 시켰습니다."

"네?"

백민후가 반문하며 뒤로 돌아봤을 때 그곳에는 뜻밖의 인물이 서 있었다.

다름 아닌 정호였다.

정호가 백민후와 눈을 맞추며 다시 한 번 말했다.

"제가 그러라고 했다고요."

3주라는 시간이 지났다.

3주 동안 백민후는 살얼음판을 걷는 기분이었다.

계속되는 오디션 실패도 실패지만 정호의 존재가 백민후를 고통스럽게 했다.

드라마 오디션을 보러가는 차 안에서 백민후가 차마 소리는 내지 못하고 속으로 외쳤다.

'도대체 왜 오 이사님이 내 매니저가 된 거냐고! 대체 왜!'

정호는 3주째 백민후의 담당 매니저로 활동 중이었다.

하지만 보통의 담당 매니저와는 달랐다.

조건이 붙어 있었다.

"딱 한 달입니다. 한 달 동안, 민후 씨를 지켜보겠습니다."

담당 매니저로 배정됐다는 사실을 말하며 정호가 덧붙인 이 조건이 지금 백민후를 괴롭히고 있었다.

괴로울 수밖에 없었다.

백민후에게는 이 조건이 한 달 내에 본인의 능력을 보여 보라는 최후통첩처럼 느껴졌기 때문이었다.

그리고 정호가 백민후의 담당 매니저가 된 지 3주라는 시간이 흘렀고, 백민후는 이 3주라는 시간 동안에도 모든 오디션에서 좋은 결과를 내지 못했다.

백민후가 초조해졌다.

'어쩌지…… 이걸 어떻게 해야 좋을까……'

평소라면 이런 기분이 아니었을 것이다.

백민후가 생각하기에 항상 갑의 위치에 있는 것은 백민후였고, 담당 매니저는 언제나 을의 위치에 있었기 때문이었다.

하지만 정호가 담당 매니저로 배정되는 순간, 그 위치는 완벽하게 뒤바뀌었다.

스스로가 인지하지 못한 채 쩔쩔맬 만큼.

하지만 그것도 여기까지였다.

정도에 지나친 스트레스가 백민후의 본성을 점차 깨어

나게 하고 있었다.

정호는 이런 사실을 모르고 운전을 하며 오늘 오디션 볼 드라마에 대해서 설명했다.

"민후 씨 역시 너무나도 잘 알고 계시겠지만, 다시 한 번 설명드리겠습니다. 이번에 보는 오디션은 MBS에서 새로 제작하는 수목 드라마입니다. 추 PD와 한 작가가 2년 만에 결합하여 제작하는 드라마이기 때문에 이미 기대감이 대단한 상태……."

그리고 백민후는 정호의 설명을 들으며 점점 쌓여가던 스트레스가 결국 폭발하는 것을 느꼈다.

백민후가 이성을 잃고 정호에게 날카롭게 따져 물었다.

"그래서요? 그래서 어쩌라는 겁니까? 그런 걸 설명한다고 제가 오디션에 붙을 수 있겠습니까? 매니저들은 몰라요, 연예인들이 얼마나 힘든지. 그저 연예인들을 도구처럼 생각하죠. 오 이사님도 마찬가지입니다. 명성이 자자해서 혹시나 하고 기대했는데 결국 똑같았다고요. 오 이사님도 저를 그저 도구처럼 생각하고……."

하지만 백민후는 더 이상 따져 묻지 못했다.

오정호가 갓길로 차를 이동해 급브레이크를 밟았기 때문이었다.

백민후가 헉, 하고 놀라며 입을 다물었다.

백민후는 차가 멈춘 후에도 놀랐는지 한참 아무 말도 하지 못한 채 정호만을 쳐다봤다.

잠시 침묵이 흐르고 정호가 말했다.

"정작 아무것도 모르는 사람은 민후 씨, 당신입니다. 어떻게 하면 오디션에 붙을 수 있는지 물어봤지요? 그러려면 민후 씨가 왜 자꾸 오디션을 떨어지는지부터 알아야겠군요. 민후 씨는 자신이 왜 자꾸 오디션에 떨어진다고 생각하십니까?"

백민후는 자신이 이미 완벽한 정호의 시나리오에 갇혔다는 걸 모르고 있었다.

9장. 겉만 멀쩡한 천둥벌거숭이

백민후는 정호의 말에 똑바로 대답하지 못했다.

자꾸 오디션에서 떨어지는 이유에 대한 답을 구하지 못한 탓도 있었지만, 결정적으로 백민후는 정호의 박력에 조금 당황하고 있었다.

결국 당황한 채 백민후가 대답했다.

"잘…… 모르겠습니다……."

정호는 한 번 폭발했던 백민후의 짜증이 가라앉고 있다는 걸 파악하며 말했다.

확실히 아까보다는 조금 누그러진 어조였다.

"저는 민후 씨가 얼마나 연기를 잘하는지 알고 있습니다. 3주간 저는 하루도 빠짐없이 민후 씨의 연기와 연기에 대한 열정을 보며 감탄을 했죠. 하지만 오디션에서 중요한 것은 연기가 아닙니다."

정호가 백민후의 기분에 맞춰 어조와 표현을 누그러뜨리자 백민후는 조금 마음이 편해지는 걸 느꼈다.

어느새 그렇게 백민후는 자신도 모르게 귀를 기울일 준비가 되어서 정호의 말에 집중하고 있었다.

백민후가 질문했다.

"그런 게 있습니까……? 저는 모르겠습니다……. 오디션에서…… 연기보다 중요한 것은 뭐죠……?"

백민후의 질문에 정호는 1초의 망설임도 없이 대꾸했다.

"상대방을 생각하는 마음."

"아……."

그제야 백민후는 뭔가를 깨달은 듯했다.

정호의 말을 듣는 순간, 지금껏 자신에게 부족한 것이 무엇인지 알 수 있을 것만 같았기 때문이었다.

'상대방을 생각하는 마음이라니……. 단 한 번도 생각해본 적이 없다…….'

백민후는 정호에게 조금 더 자세한 설명을 요구했다.

"잘 모르겠습니다……. 뭔가를 알 것도 같은데…… 너무 모호하게만 느껴집니다……."

정호가 차근차근 백민후에게 설명했다.

"오디션을 통과하기 위해 노력하는 자가 있다면, 오디션을 통과시키는 자도 있기 마련입니다. 그런데 민후 씨는 지금껏 상대방을 생각하지 않고 자신의 연기에만 빠져 있었습니다. 하지만 이건 잘못됐습니다. 민후 씨가 혼자만 잘하면 된다고 생각하는 연기조차도 심지어 남이 보는 것입니다."

백민후는 정호의 말을 완벽하게 이해했다.

연기를 예를 들어서 설명하니 알아듣지 않으려고 해도 알아들을 수밖에 없었다.

자연스럽게 백민후의 마음이 조급해졌다.

이 기회를 놓치면 평생 좋은 배우가 될 수 없을 것만 같았다.

이게 바로 정호의 노림수였다.

백민후는 고집이 세지만 동시에 연기에 대한 열정이 누구보다 뛰어났다.

그러다 보니 정호가 연기에 대한 어떤 단서를 주자 귀를 기울일 수밖에 없게 된 것이었다.

또 고집이 세다는 것도 보기에 따라서는 단점이 아니었다.

그건 신념을 만들 수도 있는 성격이었다.

신념을 만들 수 있다면 고집은 충분히 장점이 될 수 있었다.

정호는 백민후에게 연기에 대한 새로운 길과 바른 신념을 심어서 다른 사람이 되도록 할 생각이었다.

백민후가 조급해하며 정호를 닦달했다.

"그럼 어떻게 해야 합니까? 상대방을 생각하며 연기를 하려면 어떻게 해야 하죠?"

정호는 그런 백민후를 보며 빙그레 웃었다.

그러고는 대답했다.

"다른 사람의 마음을 헤아리기 위해 노력하십시오. 민후 씨의 곁에 있는 아주 가까운 사람부터요."

◇ ◆ ◇

담당 매니저가 정호였던 남은 한 주 동안에도 백민후는 오디션을 통과하지 못했다.

하루아침에 뭔가를 바꿀 수 없을 만큼 백민후 주위에는 안 좋은 소문이 돌고 있었다.

하지만 계속해서 좋지 못한 평가만을 받은 것은 아니었다.

정호와 함께한 남은 한 주간 백민후는 두 번이나 최종 오디션에 올랐다.

"민후 씨에 대해서 안 좋은 소문이 돌아서 몰랐는데……생각보다 민후 씨는 사려 깊은 사람인 것 같습니다. 아쉽게도 이번에는 배역이 민후 씨에게 맞지 않지만 다음 기회에는 꼭 같이 작업을 하고 싶군요."

"민후 씨는 꼭 상대방의 눈을 보고 연기를 하는 것 같아요. 예전보다 깊이 있는 배우가 되었군요. 다음에 민후 씨에게 걸맞은 배역이 있으면 꼭 함께합시다."

최종 오디션에서의 아쉬운 탈락이었지만 백민후는 뭔가 돌파구를 찾은 듯한 기분이었다.

얼굴만 비추고 1차 오디션에서 탈락의 고배를 맛봐야 했던 때와는 확연히 다른 느낌이었다.

오디션을 끝마치고 돌아오는 길에 백민후는 속으로 생각했다.

'오 이사님의 말대로 나는 너무 나만 생각하고 살았구나……. 상대방을 고려하는 배우라……'

정호는 고민에 빠져 있는 백민후를 백미러로 관찰했다.

변화가 조금씩 눈에 보이고 있는 백민후였다.

'한 달간 공을 들인 보람이 있군. 이제 공을 넘겨볼까?'

괜히 시간을 질질 끌 필요가 없었다.

정호는 아직 할 일이 많았다.

그래서 정확히 한 달째가 되는 날, 정호는 백민후의 곁을 떠났다.

그 이후 백민후의 14번째 매니저가 다시 백민후를 담당하게 되었다.

한 달간 다른 연예인을 담당하며 꿈만 같던 시간을 보낸 백민후의 매니저가 쭈뼛쭈뼛 백민후에게 다가갔다.

그러더니 생각에 빠져 있던 백민후에게 인사를 건넸다.

"안녕하세요, 형……."

백민후의 매니저는 아차, 싶었다.

'아…… 망했다…….'

큰 소리로 씩씩하게 말하지 않으면 크게 화를 내는 백민후였기 때문이었다.

하지만 백민후의 매니저 앞에는 의외의 상황이 펼쳐졌다.

생각에서 깨어난 백민후가 반갑게 백민후의 매니저를 반겼던 것이다.

"어? 오래만이네? 근데 어쩐 일이야? 일이 있어서 지나가는 중이었어?"

"네, 네? 어…… 그게 아니고…… 사실 제가 오늘부터 다시 형의 담당이 되었거든요……."

백민후의 표정이 잠깐 어두워졌다.

"그랬어? 결국 오 이사님은 말도 없이 가셨구나……. 짧은 시간 동안 많은 걸 배웠는데……."

백민후의 매니저가 얼른 고개를 숙여 사과를 했다.

"죄송합니다."

그러자 백민후가 손사래를 치며 말했다.

"아니야. 네가 죄송할 게 뭐 있어. 내가 그동안 너한테 못 해줘서 오히려 미안하지. 그나저나 잘됐다. 오 이사님의 후임으로 아는 얼굴이 와서."

백민후의 매니저는 백민후가 뭘 잘못 먹은 게 아닌가 잠시 의심이 됐지만 좋은 게 좋은 거라고 얼른 너스레를 떨었다.

"아아, 저도 정말 기뻐요. 다시 형의 매니저가 되어서요."

"정말?"

"하하하…… 물론이죠……!"

백민후와 백민후 매니저의 동행이 어떻게 이어질지는 앞으로 두고 봐야 할 문제였다.

◇ ◆ ◇

"그렇군요. 기대하겠습니다."

백민후를 무사히 변화시킨 정호가 누군가와 통화를 하다가 전화를 끊었다.

통화 상대는 조준환을 설득하는 데 한 달의 기한을 줬던 강대춘이었다.

강대춘은 조준환이 슬럼프를 극복하고 저번 주부터 오디션을 보러 다니고 있다는 보고를 했다.

사실이었다.

총괄매니지먼트부 1팀의 양 부장의 보고도 따로 들은 상태였으니 사실이 아닐 리가 없었다.

'강대춘은 의욕적으로 일을 잘해내고 있군. 조만간 좋은 소식을 물어올 수도 있겠어. 총괄매니지먼트부 1팀이 의욕적으로 조준환 살리기에 매달리고 있으니 더욱 기대가 되고.'

기대가 되기는 백민후도 마찬가지였다.

기본적으로 연기력이 출중한 백민후였기 때문에, 겸손한 태도로 사람들에게 눈도장만 잘 찍고 다닌다면 좋은 작품에 캐스팅될 가능성이 높았다.

그래서 정호는 강 부장에 이어 총괄매니지먼트부 2팀의 팀장이 된 성 부장에게도 백민후 캐스팅 건에 총력을 기울이라고 지시를 내린 상태였다.

다행히 청월 내에서 유순하고 인덕이 높기로 유명한 총괄매니지먼트부 2팀의 팀장, 성조현은 이런 지시를 소화해 낼 수 있는 좋은 인재였다.

그렇게 조준환과 백민후의 문제를 해결한 정호는 마지막 문젯거리로 눈을 돌렸다.

마지막 문젯거리는 다름 아닌 차수준이었다.

정호가 차수준의 프로필을 다시 훑으며 나름의 평가를 내렸다.

'똑똑한 척하지만 결국 어린아이이군……'

정호가 이런 평가를 내린 데에는 그만한 이유가 있었다.

얼핏 보기에 차수준은 굉장히 합리적이고 계산적으로 보였다.

하지만 그 기반에 깔려 있는 생각은 아직 어린애에 불과했다.

'특히 최근에 벌어진 계약 사건……'

연예계도 결국 시장의 논리로 움직이는 곳이었다.

그러다 보니 더 좋은 계약을 제의받으면 소속사를 옮기는 게 당연했고 더 좋은 계약을 제시하여 다른 소속사의 연예인을 데려오는 일도 비일비재했다.

그런 까닭에 사람들은 차수준의 계약 사건도 이런 일 중 하나라고 생각했다.

하지만 정호는 이 사건의 본질을 한눈에 꿰뚫어봤다.

이건 정호가 대단하기 때문이 아니었다.

그저 조금 더 꼼꼼할 뿐이었다.

다시 말하자면 어느 누구라도 조금만 관심을 기울이면 차수준 계약 사건의 본질을 간파할 수 있다는 뜻이었다.

정호는 투투가 차수준에게 제안했다는 계약 조건에 대해서 전해 듣자마자 속으로 생각했다.

'이런 말도 안 되는 계약 조건에 혹하다니……. 바보 아니야?'

결론부터 말하자면 투투의 계약 조건은 청월보다 아주 조금 나은 정도였다.

마치 매일 먹는 식사가 짜장면에서 짜장면 곱빼기로 바뀌는 정도의 수준이었다.

'달마다 지급하는 생활비가 약간 오르는 정도니깐. 이건 차수준이 요청만 하면 계약과는 상관없이 청월에서도 충분히 조정해줄 수 있는 부분이다.'

그렇게 때문에 이 조건으로 소속사를 옮긴다는 것은 말이 되지 않았다.

만약 이런 이유만으로 소속사를 옮긴다면 어린애가 아니라 진짜 바보라고 불려도 할 말이 없었다.

물론 투투의 제안은 이게 다가 아니었다.

정호는 차수준이 왜 흔들렸는지 대충 추측하고 있었다.

'보나마나 선지급 조항 때문이겠지.'

투투는 차수준이 아직 어린애라는 걸 간파했는지 아주 교묘하게 '50화분 이상의 출연료가 보장되는 드라마에 캐스팅이 확정될 경우 삼천만 원을 선지급함.'이라는 조항을 달아 놨다.

분명 조연급 배우로 활동하는 차수준에게 3천만 원은 적지 않은 액수였다.

동시에 차수준은 일일드라마를 중심으로 연기 활동을 하기 때문에 간단한 조건만 달성한다면 엄청난 보상이 떨어지는 것처럼 보였다.

하지만 전혀 그렇지 않았다.

'조건 달성 시 지급되는 3천만 원은 선지급금이니깐……'

선지급금이라는 것은 먼저 지급될 뿐 추후 차수준이 전부 갚아야 할 돈이었다.

심지어 50화분 이상의 출연료가 보장되는 일일드라마라면 이 3천만 원을 갚는 건 일도 아니었다.

'한마디로 투투의 이 조항은 빛 좋은 개살구일 뿐이다. 이런 조항에 속다니, 차수준은 아직 어린애군. 뭐 차수준만

흉볼 게 아닌가?'

정호가 투투의 계약 조건을 이렇게 상세히 알고 있는 것은 차수준 매니저의 제보 때문이었다.

차수준의 매니저는 차수준의 부탁과, 함께 회사를 옮기게 해주겠다는 투투의 제안으로 미팅에 참여했는데 자신에게 제의한 조건이 마음에 들지 않자 청월에 계약 과정을 전부 공개했다.

연봉을 높여 달라는 말도 안 되는 소리를 하며 말이다.

하지만 슬쩍 떠 보니 차수준의 매니저조차도 이 계약이 수상하다고 생각했을 뿐 선지급금이 무엇인지 알지 못했다.

'연예인이나 담당 매니저나…… 이 겉만 멀쩡한 천둥벌거숭이들을 어떻게 해줘야 할까?'

왠지 조준환이나 백민후보다 차수준을 상대하기가 힘들 것 같았다.

정호는 자신도 모르게 이마를 짚었다.

10장. 천둥벌거숭이 길들이기?

정호는 고민 끝에 차수준과 차수준의 매니저인 오방민의 소속을 옮겼다.

특별한 잡음은 없었다.

차수준과 오방민은 본래 총괄매니지먼트부 1팀의 소속이었는데 양 부장은 두 사람에게 그다지 애정이 없는 듯했다.

그럴 수밖에 없는 게 차수준은 잘생기기만 했을 뿐 딱히 다른 메리트가 없는 배우였다.

특히 연기 부분에서 배우로서는 아주 치명적인 단점이 있었다.

차수준은 줄곧 과장된 연기를 한다는 지적을 받고 있었다.

또 오방민도 총괄매니지먼트부 1팀의 골칫거리였다.

입사 1년 차의 신입인 주제에 프라이드가 너무나도 높았다.

실력 없이 자신감만 높은 전형적인 스타일이었다.

정호가 속으로 생각했다.

'이러니 양 부장이 두 사람에 대해 아무런 반응이 없지…….'

정호는 인사이동의 소식을 듣고 양 부장이 했던 말을 떠올랐다.

"그 두 사람을 왜 옮기려고 하시는지는 알 수 없지만 저희 팀은 상관없습니다. 준환이를 캐어하느라 팀 전체가 바쁘니 그게 더 나을 수 있겠다는 생각이 들기도 하고요."

그렇게 차수준과 오방민은 총괄매니지먼트부 3팀으로 소속이 변경됐다.

잡음이 아예 없는 것은 아니었다.

특별하다고 할 수는 없지만 총괄매니지먼트부 3팀 쪽에서 약간의 잡음이 일었다.

잡음을 일으킨 사람은 의외로 민봉팔이었다.

인사이동 공문을 확인했는지 민봉팔로부터 전화가 왔다.

"어, 봉팔아."

"얘네…… 뭐냐?"

같은 회사이다 보니 차수준과 오방민을 모를 리 없는 민봉팔이 마음에 들지 않는다는 티를 팍팍 내며 다짜고짜 물어 왔다.

어떤 일이 벌어져도 웬만하면 정호의 편부터 드는 민봉팔인데, 차수준과 오방민이 어지간히도 마음에 들지 않는 모양이었다.

정호가 피식 웃으며 대꾸했다.

"뭐긴 뭐야. 연예인이랑 매니저지. 둘 다 잘 키워 봐. 괜찮을 것 같으니깐."

그래도 정호가 괜찮을 것 같다고 말하니 조금 안심이 되는 모양이었다.

연예인의 성공을 백발백중 예측하는 정호였다.

당연히 믿음이 갈 수밖에 없었다.

잔뜩 싫은 티를 내던 민봉팔의 어투가 다소 누그러졌다.

"점쟁이 문어인 네가 괜찮다니 괜찮겠지만…… 나는 얘네 진짜 마음에 안 드는데……."

"그렇게 싫어? 왜?"

"배신자잖아……."

세상 제일의 가치가 신뢰와 믿음이라고 생각하고 있는 민봉팔다운 대답이었다.

그리고 이게 정호가 민봉팔을 좋아하는 이유이기도 했다.

"그러니깐 또다시 그런 데 혹하지 않게 네가 잘 키워야지. 잘해봐. 걔네 진짜 괜찮아."

결국 민봉팔이 항복을 했다.

"알겠어…… 한번 해볼게……."

정호의 말은 민봉팔을 설득하기 위해 그냥 한 빈말이 아니었다.

5년 후, 차수준과 오방민은 각각 좋은 주연 배우와 훌륭한 매니저로 성장할 예정이었다.

'차수준과 오방민은 결국 청월을 나와 다른 소속사와 계약을 하지…….'

이와 관련된 당시의 일이 자세히 기억나진 않았지만 현재의 상황에 비춰 추측할 수는 있었다.

차수준은 현재 계약 기간은 1년이 남은 상태였다.

'아마 차수준은 이 계약 기간을 채우고 다른 소속사로 둥지를 옮겼을 거야. 어디였더라……. 메세나였나? 케스타였던 것 같기도 하고…….'

소속사를 어디로 옮겼는지는 생각이 나지 않았다.

하지만 이후의 사건만큼은 워낙 유명해서 기억하고 있었다.

둥지를 옮긴 차수준과 오방민은 자신들의 처지가 청월에서보다 나아지지 않았다는 것을 뒤늦게 깨달았다.

오히려 청월의 시스템과 분위기가 자신들에게 더 맞는다는 생각이 자꾸 들어 큰 고통을 받았다.

특히 청월은 조연 배우라고 해서 도외시하거나 등한시하는 경우가 없었다.

딱히 누군가가 시켜서 그런 것이 아니라 효율보다는 사람을 중요하게 생각하는 회사 특유의 분위기 때문이었다.

하지만 다른 소속사들은 사람보다 효율을 중요하게 생각하는 편이었고 그러다 보니 차수준과 오방민은 전에 느껴본 적 없는 시선을 받을 수밖에 없었다.

이런 시선들 앞에서 차수준과 오방민은 방황했다.

힘들었지만 보람이 전혀 없는 시간은 아니었다.

방황을 하는 동안 맞지 않은 옷을 입는 법을 배웠고 불편한 분위기 속에서 살아남는 법을 깨달았다.

그렇게 1년이라는 시간이 지나며 차수준과 오방민은 한층 성숙해졌다.

동시에 차수준의 연기는 삶이 녹아들어 과장된 면이 사라지고 자연스러워졌다.

또 오방민의 업무 처리 능력은 스스로의 능력을 관조할 줄 알게 되면서 효율적으로 변하고 속도도 빨라졌다.

두 사람은 각각 좋은 배우와 좋은 매니저가 됐고 얼마 지나지 않아 차수준은 주연급 배우로 발돋움할 수 있었다.

그리고 3년 후, 차수준은 최고의 스타 중 한 사람이 되었다.

오방민은 그런 스타의 신뢰를 받는 담당 매니저가 됐고.

'거의 인생 역전기 수준이랄까? 어쨌든 차수준은 역경을 이겨내고 좋은 배우가 된다. 이것만은 변함없는 사실이야.'

훗날의 일이기는 하지만 어쨌든 좋은 배우, 좋은 매니저가 되는 차수준과 오방민을 정호가 그냥 놓아줄 리 없었다.

청월이라는 울타리 안에서 좋은 배우 및 매니저가 될 수 있도록 해볼 생각이었고, 가능하다면 차수준과 오방민의 미래를 앞당겨올 생각이었다.

'그럼 천둥벌거숭이를 길들여 볼까?'

◇ ◆ ◇

차수준은 최근 불만이 가득한 상태였다.

언제든 마음만 먹으면 높은 곳으로 올라갈 수 있을 것 같은데, 손만 뻗으면 그곳에 닿을 수 있을 것 같은데, 그러질 못하니 답답했고 모든 게 마음에 들지 않았다.

차수준의 생각에 이건 전부 청월의 탓이었다.

차수준이 속으로 생각했다.

'내가 얼마나 대단한 배우인지 알아보지도 못하다니…… 젠장…… 이런 삼류 회사에 들어온 것부터가 문제였어…….'

청월의 입장에서 차수준의 불만은 어처구니가 없었다.

조준환이나 백민후는 실제로 주연급으로 분류가 됨에도 불구하고 제대로 캐어를 받지 못하는 면이 없지 않았다.

하지만 차수준은 아니었다.

본인의 실력 부족으로 조연급에 머물러 있는 것임에도, 회사 차원에서 차수준을 서브 주연으로라도 만들어 보겠다고 적극적으로 밀어준 바가 있을 정도로 분에 넘치는 캐어를 받고 있었다.

실제로 차수준은 서브 주연에 몇 차례나 근접했지만 연기력 부족으로 선택을 받지 못했다.

그런데도 이런 불만을 품고 있는 차수준이었다.

'아쉽다……. 그때 투투에 갔어야 했는데……. 이대로 꼼짝없이 무능한 청월에 갇혀서 남은 1년 동안 조연급 배우로 살아야 하는 걸까…….'

차수준이 이런 생각을 하고 있을 때 옆에 있던 오방민의 스마트폰으로 전화가 걸려왔다.

오방민은 스마트폰에 뜬 이름을 확인하곤 서둘러 전화를 받았다.

"네, 민 부장님. 지금이요……? 네, 알겠습니다. 당장 수준이랑 올라가겠습니다."

통화 내용이 심상치 않다고 생각했는지 오방민이 전화를 끊는 걸 보고 차수준이 물었다.

"누구야? 누군데 그렇게 굽실거려?"

"민 부장님. 지금 너랑 나랑 부장실로 올라오래."

"아, 뭔데? 뭔데 사람을 오라 가라야. 다음 주부터 들어갈 일일드라마 때문에 가뜩이나 정신 사납고 바쁜데."

물론 차수준은 정신 사납지도 바쁘지도 않았다.

그냥 부장실로 올라가는 게 귀찮은 것뿐이었다.

오방민은 이런 사실을 알고 있었지만 한참 어린 차수준의 기분을 맞춰 주며 말했다.

"그래도 잠깐만 올라가자. 민 부장님이 광고 자리가 하나 났다고 너도 출연했으면 좋겠대."

오방민의 말에 차수준의 눈이 커졌다.

"광고? TV 광고?"

"어, TV 광고. 올라갈 거지?"

"아, 응. 그래야지. 부장실로 부르셨다고?"

어느새 기분이 풀린 차수준이 콧노래까지 부르며 부장실로 향했다.

자신 앞에 기다리고 있는 운명도 알지 못한 채.

◇　◆　◇

"그 정도밖에 못 하니? 너 정말 배우 맞아?"

차수준은 지금 최악의 하루를 보내는 중이었다.

민봉팔에게 TV 광고 소식을 들을 때만 해도 기분이 좋았다.

무엇보다도 강여운과 함께 치킨 광고에 출연한다는 사실에 놀랄 수밖에 없었다.

강여운의 밴을 얻어 타고 촬영장으로 이동할 때는 강여운과 동급의 스타가 된 것 같은 착각이 들기도 했다.

하지만 전부 착각이었고 한순간의 꿈이었다.

광고 촬영장에서 기다리고 있던 정서정을 맞닥뜨리는 순간, 차수준은 그대로 얼어버렸다.

정서정은 강여운이 신인 배우이던 시절, 같이 광고 촬영을 했던 여배우였다.

정호가 시간을 결제하여 막음으로써 이제는 벌어지지 않은 사건이 되었지만 강여운과 '치킨 광고 사건'을 벌일 뻔한 바로 그 여배우 정서정.

그때 강여운과 인연을 맺은 정서정은 지금까지 강여운과 치킨 광고 모델로 활동하고 있었다.

두 사람은 이 치킨 광고의 최장 기간 모델로 기록될 정도로 꾸준히 치킨 광고 출연하여 수익에 지대한 영향을 끼치고 있었다.

평소 이 치킨 광고의 촬영 현장은 평화로운 편이었다.

다른 때라면 눈에 쌍심지를 켜고 있을 정서정이었지만, 워낙 강여운을 아껴서 두 사람 사이에는 어떠한 마찰도 일어나지 않았다.

오히려 너무 정서정답지 않게 부드러운 모습을 보인 탓에 함께 하는 다른 스태프들이 놀랄 정도였다.

하지만 오늘, 정서정은 보통 때의 정서정으로 돌아와 있었다.

다름 아닌 광고의 분위기를 바꾸고자 단발적으로 합류한 차수준 때문이었다.

차수준은 정서정을 보고 긴장을 했는지 계속해서 NG를 냈다.

그냥 연기를 해도 어색해서 지적을 받을 수준이었는데,

긴장까지 하니 정말 가관이었다.

결국 차수준의 연기를 보다 못한 정서정이 오랜만에 폭발했고, 차수준은 정서정에게 혼이 나고 있는 중이었다.

"내가 살다 살다 너처럼 연기 못하는 애는 진짜 처음 봤다. 너 정말 청월 소속 맞니? 어떻게 치킨 하나를 못 먹어?"

"죄송합니다."

"아니, 죄송한 게 문제가 아니라 너는 지금 치킨을 먹을 줄 모르잖아. 너 치킨 안 먹어봤어?"

정서정의 물음에 차수준이 진땀을 흘리며 대답했다.

"먹어 봤습니다."

"근데 왜 그렇게 먹어?"

"죄송합니다."

하지만 악순환은 계속 반복했다.

정서정에게 혼이 난 차수준은 더 긴장했는지 또 NG를 냈고 다시 혼이 났다.

끝이 없었다.

촬영이 끝날 때까지 차수준은 계속해서 혼이 났다.

몇 번이나 고개를 숙였는지 모르겠다는 생각이 들 정도로 말이다.

촬영이 끝나고 정서정이 차수준에게 다가왔다.

"너 또 내 눈앞에서 그런 식으로 연기하기만 해봐. 정말 가만 안 둘 거야."

차수준은 결국 촬영이 끝나고 나서도 고개를 숙여야 했다.

"죄송합니다."

그렇게 고개 숙인 차수준을 뒤로 하고 정서정이 촬영장을 빠져나갔고 정서정이 촬영장을 빠져나가자마자 차수준이 눈물을 흘리기 시작했다.

차수준만이 아니었다.

옆에 같이 서 있다가 담당 매니저라고 혼이 난 오방민도 눈물을 훌쩍였다.

"흐흐흑……."

"으엉엉……."

이 모습을 보고 함께 촬영장에 나와 있던 민봉팔이 강여운에게 신호를 보냈다.

그러자 강여운이 휴, 하고 한숨을 쉬며 차수준과 오방민에게 다가가 말했다.

"수준아, 울지 마. 오늘 잘했어. 방민 씨, 울지 마세요. 오늘 잘했어요."

강여운이 두 사람을 달랬고 두 사람의 울음소리는 더 커졌다.

꽤나 서러웠던 모양이었다.

민봉팔은 우는 두 사람과 두 사람을 달래는 강여운을 지켜보다가 조용한 곳으로 자리를 옮겨 어디론가 전화를 걸었다.

정호에게 거는 전화였다.

"응, 봉팔아. 어떻게 됐어?"

"어떻게 됐긴. 네 생각대로 아주 촬영장이 눈물바다가 됐지."

정호가 피식, 웃으며 대답했다.

"잘됐네."

"잔인한 자식……."

민봉팔이 중얼거렸다.

언제는 차수준과 오방민이 꼴 보기 싫다더니 어느새 정이 들어버린 모양이었다.

"그래, 그래. 맞아. 내가 잔인한 거 나도 인정해. 하지만 어쩔 수 없잖아?"

그랬다.

광고 촬영에서 정서정이 폭발한 것은 사실 차수준을 혼내주기 위해 정호가 부탁했기 때문이었다.

조금만 혼을 내고 말려던 게 차수준이 연기를 개판으로 하자 화가 치밀어 강도가 높아지긴 했지만, 어쨌든 정호의 부탁을 받은 것은 사실이었다.

"그래도……."

"됐고. 그건 말씀드려 봤어?"

"어…… 서정 씨도 흔쾌히 출연하겠대."

그리고 정호의 '천둥벌거숭이 길들이기' 시나리오는 이게 끝이 아니었다.

정호는 차수준이 캐스팅된 일일드라마에 정서정을 함께 출연시키려고 하고 있었다.

정서정의 밀착 마크로 차수준을 완전히 다른 사람으로
바꾸기 위한 정호의 계략이었다.

동시에 정서정으로서는 오랜만에 안방으로 복귀할 좋은
기회였다.

정호가 제의하기 전까지 정서정은 안방 복귀에 어려움을
겪고 있었다.

정서정 자체의 문제라기보다는 정서정의 이미지 때문에
일일드라마 대본이 들어오지 않는 것이 문제였다.

정호는 아는 PD에게 정서정을 적극 추천했고 마침 캐릭
터와의 이미지가 맞아 해당 PD로부터 OK 사인을 받은 상
태였다.

민봉팔로부터 정서정의 일일드라마 출연에 대한 긍정적
인 답변을 들은 정호가 대답했다.

"잘됐네. 서정 씨의 도움을 좀 받겠어."

민봉팔이 대답했다.

"잔인한 자식……."

앞으로도 차수준은 꽤 오랫동안 고통 받을 예정이었다.

차수준 스스로가 새사람이 될 때까지.

11장. 쉽지 않은 재결합

두 달이라는 시간이 지났다.

그 기간 동안 정호가 공을 들인 세 명의 남자 배우들에게
는 큰 변화가 생겼다.

먼저 조준환이 KBC의 수목드라마의 주연으로 출연했다.

〈구두 재벌의 우산〉이라는 드라마로 조준환은 구두로 떼
돈을 번 재벌가 3세의 역할을 맡았다.

이 재벌가 3세는 슬픈 날이면 우산을 들고 집밖을 나서
는데, 우산을 들고 집밖을 나서는 날이면 어김없이 비가 오
는 특별한 능력을 가졌다는 설정이었다.

어딘지 모르게 슬프고 우수에 찬 눈을 가진 주인공 역할
이 조준환에게 잘 어울렸다.

실제로 6화까지 방영된 〈구두 재벌의 우산〉은 조준환의 연기력이 호평을 받으며 12%대의 준수한 시청률을 기록하고 있었다.

이어 백민후도 MBS 월화 미니시리즈의 주연 자리를 따냈다.

제목은 〈까다로운 왼손〉으로, 백민후는 프로페셔널한 셰프의 역할을 맡았다.

어느 날 갑작스러운 마비 증상으로 오른손을 쓰지 못하게 되는데, 각고의 노력 끝에 왼손으로 재기에 성공하게 되는 요리사 역할이었다.

언젠가 왼손까지 의문의 마비를 겪을 수 있다는 생각에 사로잡혀 늘 예민한 성격을 가진 주인공이었기 때문에 백민후가 이 역할에 제격이었다.

〈까다로운 왼손〉 역시 2화에서 벌써 10%대의 시청률을 기록할 정도로 좋은 평가를 받는 중이었다.

정서정에게 호되게 당하며 인간적으로, 그리고 여러모로 성숙해지고 있는 차수준도 주인공 역할을 따내는 데 성공했다.

올가을 방영이 예정된 SBC의 〈아홉 남매, 첫째 아들〉이라는 일일드라마로, 현재 정서정과 함께 출연하고 있는 일일드라마가 끝나면 바로 촬영에 들어가기로 합의를 본 상태였다.

차수준이 맡은 역할은 〈아홉 남매, 첫째 아들〉의 주인공인

첫째 아들로 나이가 많음에도 불구하고 동안 외모와 철없는 행동으로 자주 오해와 핀잔을 사는 인물이었다.

이보다 더 좋을 수 없는 차수준에게 딱 들어맞는 역할이었기 때문에, 정서정은 차수준의 캐스팅 소식을 전해 듣고 이렇게 말했단다.

"아이고…… 천둥벌거숭이가 천둥벌거숭이를 연기하게 생겼다……."

물론 차수준은 정서정의 빈정거림에 아무런 대꾸조차 하지 못했다.

◇ ◆ ◇

정호의 손길을 받은 남자 배우 셋이 공중파 3사의 주인공 배역을 따내자 청월이 오랜만에 들썩였다.

모든 직원들은 둘만 모여도 정호의 얘기를 했다.

"진짜 오 이사님은 못 말린다, 못 말려……."

"사람이 맞을까? 타임머신 타고 미래에서 온 사람은 아닐까?"

"성공하는 사람들은 범인이 이해할 수 없는 능력을 가진다더니…… 대박이다……."

"와! 또 한 건 하셨구나! 역시 나의 롤모델!"

"진짜 이 업계의 신화다!"

"아…… 오 이사님……. 개멋있어……."

"꿈 깨. 오 이사님, 임자 있어."

"누구?"

"모르니, 그 소문?"

"설마 강여운 얘기 하는 거야? 그거 사실 아니래."

"오, 정말? 그럼 내가 좀 도전해 볼까?"

"너야말로 꿈 깨라, 얘. 나라면 또 모를까……."

순수한 감탄과 순수한 감탄에서 나오는 호감이 공존하는 시선이었다.

어느 것도 나쁘지 않았다.

모든 게 정호를 향한 칭찬이었고 존경이었기 때문이었다.

이것으로 정호는 단 몇 달 만에 이사로서 완벽하게 적응을 끝냈을 뿐만이 아니라 새로운 전설까지 쓴 셈이었다.

아랫사람들만이 정호에게 호감을 보낸 것은 아니었다.

윤 대표도 정호를 따로 불러 칭찬했다.

"수고했다. 아주 큰일을 해냈어."

솔직히 이번 세 배우의 드라마 주인공 캐스팅 건은 정호가 지금까지 해온 일에 비하면 객관적으로 대단한 일이 아니었다.

정호는 자신의 능력으로 이미 전 세계를 들썩이게 한 바가 있었기 때문이었다.

하지만 그렇다고 해서 이게 쉬운 일이라는 뜻도 아니었다.

청월이라는 회사 전체가 오랫동안 해내지 못한 스타급 남자 배우의 육성을 단기간에 완료해낸 것만으로 엄청난 업적이라고 할 수 있었다.

그런 까닭에 청월만으로 놓고 본다면 회사의 부족한 부분을 완벽하게 메웠다는 점에서 최소 타이탄, 최대 지해른에 비견될 만한 훌륭한 성과였다.

게다가 정호가 직접 세 배우를 발굴하지 않았기 때문에 더 의미가 있었다.

정호는 이번 일로 다소 성공에서 멀어졌거나 성공이 힘들다고 여겨지던 배우를 스스로의 능력으로 성공시킬 수 있다는 걸 증명한 셈이었다.

정호로서는 당연한 일이었지만 다른 사람들이 보기에는 정호의 능력이 한층 업그레이드된 것처럼 보였다.

윤 대표의 칭찬에 정호가 고개를 숙이며 감사를 표했다.

"감사합니다. 모두 대표님 덕분입니다."

"하하하. 내 덕분이긴 전부 자네가 해낸 일인데…… 이거 이제 내가 은퇴를 해도 되겠어?"

의미심장한 뜻이 담긴 윤 대표의 말을 정호는 모른 척했다.

정 이사가 청월을 떠난 일이 아직까지도 마음에 걸리는 정호였다.

이런 상황에서 윤 대표마저 청월을 떠나는 것을 바랄 정호가 아니었다.

그래서 정호는 윤 대표만큼이나 속뜻이 깊은 대답을 꺼내놓았다.

"앞으로는 더 잘해낼 겁니다. 그러니깐 계속 지켜봐 주십시오. 가장 가까운 곳에서."

눈치와 재치를 모두 겸비한 정호의 말에 윤 대표는 기분 좋게 하하하, 웃을 뿐이었다.

◇ ◆ ◇

정호는 세 명의 배우에게서 이제 한 걸음 물러나도 된다고 판단했다.

드라마 촬영 중 벌어질 수 있는 돌발 상황은 많았지만, 이런 돌발 상황은 각 팀의 총괄매니지먼트부가 충분히 해결할 수 있었다.

뿐만 아니라 깊은 부분까지 관여하다가는 총괄매니지먼트부의 각 팀에 괜한 반감을 살 수도 있었다.

선을 지킨다는 생각으로 이제는 물러날 때였다.

이사실에 앉아 세 배우에 대한 보고서를 읽던 정호는 보고서를 옆으로 치우고 새로운 보고서를 손에 들었다.

바로 밀키웨이에 대한 내용이 담긴 보고서였다.

정호가 밀키웨이의 보고서를 살피며 생각했다.

'이제 슬슬 밀키웨이의 새 앨범을 준비할 때군. 벌써 다섯 번째 앨범인가?'

밀키웨이는 지금껏 정호의 기대 이상으로 잘해줬다.

데뷔 앨범 〈테니스 스커트〉로 음원 차트 상위권에 랭크되며 주목을 받은 게 시작이었다.

두 번째 앨범 〈피아노 레인〉으로 모든 음원 차트 석권 및 음악 방송 1위를 차지했고, 세 번째 앨범 〈러닝〉으로 모든 음원 차트 석권 및 음악 방송 1위는 물론 활동 영역을 일본으로 넓혔다.

그리고 대망의 네 번째 앨범 〈차일드〉로 밀키웨이는 아시아 최고의 걸 그룹이 됐다.

쉽지 않은 일들의 연속이었고 위기와 고비 또한 적지 않았다.

하지만 밀키웨이 멤버들은 지금까지 정호를 잘 따라와주며 언제나 최고의 활약을 해주었다.

'그리고 이제 밀키웨이의 다섯 번째 앨범이 나올 차례지.'

솔직히 조금 늦어진 감이 없지 않았다.

밀키웨이라는 울타리가 사라졌을 때에도 밀키웨이의 각 멤버들이 한 사람으로서 빛나게 하기 위해서 힘을 쓰다 보니 벌어진 결과였다.

그동안 밀키웨이 멤버들은 각자의 영역을 개척하여 활동에 매진해왔고, 현재 완벽한 홀로서기에 성공한 상태였다.

'기대가 되는군. 더욱더 개성이 확고해진 네 사람이 밀키웨이가 되어 어떤 모습을 보일지 말이야.'

하지만 기대가 계속 기대로 남을지는 지켜봐야 할 일이었다.

다음 날.

정호는 오랜만에 밀키웨이 멤버들을 회의에 소집했다.

소집에 응한 사람은 오서연과 하수아뿐이었다.

어쩔 수 없는 상황이었다.

신유나는 현재 닉 리먼드와의 곡 작업 문제로 미국에 가 있었고, 유미지는 아직 〈미스 하노이〉의 공연이 끝나지 않았다.

두 사람은 각각 2주 후, 한 달 후에 한국으로 귀국할 예정이었다.

'두 사람을 기다렸다가 새 앨범 작업을 진행하면 좋겠지만…… 시간 여건상 그건 가능하지가 않다. 서연이와 수아도 각자의 스케줄이 있으니깐. 게다가 유나와 미지도 귀국 후 얼마 안 있으면 다시 미국행 비행기에 올라야 하고.'

사실 밀키웨이가 오랫동안 다섯 번째 앨범을 내지 못한 것은 각 멤버들의 스케줄 조정이 어렵다는 문제 때문이었다.

아무리 시간을 조정하고 머리를 굴려도 네 사람 다 각자의 분야에서 눈부시게 활약을 하고 있다 보니 생각처럼 시간이 나지 않았다.

그렇다고 고생 끝에 찾아온 휴식기를 반납하면서까지 일을 하라고 강요할 수도 없는 노릇이었다.

정호는 기본적으로 휴식을 하는 것도 업무의 일환이라고 생각하는 사람이었고, 이런 분위기는 청월 내에서도 확고하게 자리를 잡은 상태였다.

'결국 이렇게 서연이와 수아는 휴식기를 반납하고 소집에 응한 것이지만…….'

어쩔 수 없는 선택이었다.

휴식기라도 반납하지 않는 한 밀키웨이의 다섯 번째 앨범은 네 사람이 노인이 되어서야 완성될 수 있을 것 같았기 때문이었다.

그나마 다행인 점은 오서연과 하수아가 의욕적이라는 사실이었다.

하수아가 먼저 입을 열었다.

"어서 시작하죠! 아주 기깔난 앨범을 만들어 보자고요!"

오서연이 특유의 저음으로 호응했다.

"오예."

오서연의 호응에 하수아가 발끈했다.

"언니! 조금 더 기쁜 느낌으로 호응할 수 없어요? 그러니깐 예능에서 매번 섭외 순위가 밀리는 거예요!"

"난 관심 없어, 예능."

"언니, 지금 예능 무시해요?"

오서연이 귀를 파며 혼잣말하듯 말했다.

"예능이 뭐지? 새로 나온 안주인가? 나는 안주 안 먹는데……."

결국 정호가 두 사람 사이에 끼어들었다.

"자자, 싸우지들 말고 앨범 얘기부터 해 보자. 두 사람
다 콘셉트는 생각해 왔지?"

티격태격하던 두 사람이지만 일 얘기가 나오자 금방 수
그러들었다.

그러고는 아주 프로페셔널하게 회의를 시작했다.

회의 소집에 응한 밀키웨이 멤버들은 오서연과 하수아뿐
이었지만 다른 직원들은 모두 회의에 소집된 상태였다.

그런 까닭에 전문적으로 콘셉트를 잡고 회의를 이어나가
는 데에는 전혀 문제가 없었다.

특히 한유현이 작곡한 타이틀곡을 부분 수정할 때 오서
연과 하수아가 굉장히 적극적으로 회의에 참여했다.

"이 부분은 조금 더 밝게 하는 게 어때요? 이쪽이 너무
어두운 것 같은데?"

"괜찮네. 그래도 전체적으로 음은 다양한 게 좋을 것 같
아. 한 방향으로만 가면 단순하게 느껴질 거야."

정호가 두 사람의 얘기를 들으며 고개를 끄덕였다.

'다르군. 두 사람 다 정말 많이 성장했어……'

확실히 두 사람은 이제 이쪽 분야의 전문가가 되어 있었다.

딱히 정호가 끼어들 필요성을 느끼지 못할 정도로.

'서로의 취향 차이까지도 의견을 나누면서 자연스럽게
조율하는군. 역시 명불허전인가? 서로 개성이 달라져도 밀
키웨이 멤버들만의 팀워크는 사라지지 않는 모양이군.'

입 밖으로 내는 아이디어들이 워낙 좋았기 때문에 3시간에 걸친 긴 회의에도 다들 지친 기색이 없었다.

그렇게 첫 번째 회의가 순조롭게 끝이 났다.

다섯 번째 앨범의 성공에 대한 좋은 예감을 주는 회의였다.

하지만 2주 후, 모든 콘셉트가 뒤집어졌다.

미국에서 귀국한 뒤, 두 번째 회의부터 새롭게 참여한 신유나가 말했다.

"이거 전부 바꾸면 안 돼요?"

신유나의 발언 하나에 모든 사람들이 놀랐다.

얼마 전까지 느끼던 좋은 예감을 한순간에 박살내는 발언이었다.

매니지
먼트

제왕

    모든 사람들의 시선이 자신을 향했지만 신유나는 아랑곳
하지 않고 자신의 소신 발언을 이어 나갔다.

    "이쪽의 흐름이 너무 밝게만 구성돼 있어요. 다양한 음
을 쓰려고 노력한 것 같긴 한데…… 이 정도로는 대중의 귀
를 속일 수 없어요."

    아주 섬세한 부분부터 조목조목 따져 나가는 신유나였
다.

    이에 따라 곡도 점차 기존과는 다르게 수정이 되고 있었
다.

    그리고 오서연과 하수아는 자신들이 적극적으로 의견을
내서 조정된 결과물이 점차 수정돼 가는 모습을 망연히 지

켜봐야만 했다.

'이거 큰일인데…….'

정호는 이 상황이 위험할 수도 있다는 생각을 했다.

신유나가 개인의 앨범과 닉 리먼드와의 공동 작업 앨범으로 높은 성과와 성취를 얻은 것은 사실이었지만, 사실 신유나의 제안들은 따지자면 그저 개인의 취향일 뿐이었다.

다시 말해서 기존의 곡도 듣기에 따라서는 좋게 들을 수도 있다는 뜻이었다.

정호가 오서연과 하수아가 수정한 곳에 반대 의견을 내지 않은 것도 이런 이유 때문이었다.

원작자인 한유현도 같은 이유로 오서연과 하수아의 의견을 수용한 것이었고 말이다.

뿐만 아니라 오서연과 하수아는 각자의 분야에서 최고의 스타로 통하고 있었다.

그런데 이런 식으로 취향의 문제를 걸고넘어진다면 두 사람의 기분이 상할 수도 있는 문제였다.

조율이 필요했다.

그래서 정호가 얼른 끼어들었다.

"유나가 오자마자 굉장히 열심히 달리는데? 그래도 조금 쉬었다가 할까? 10분만 쉬자."

신유나는 뭔가 할 말이 더 있는 듯했지만 정호의 표정에서 심상치 않은 낌새를 읽었는지 더 이상 말을 꺼내지 않고 동의의 표시로 고개만 끄덕였다.

"자, 그럼 10분 후에 다시 모여 주세요."

회의에 소집된 사람들이 회의실을 빠져나갔고 정호가 한유현을 따로 불러냈다.

전문가인 한유현의 의견을 듣고 확신을 얻기 위해서였다.

정호가 조금 어두침침한 계단실에서 한유현을 향해 질문했다.

"유나의 의견들이 어떻습니까?"

정호의 질문을 듣고 한유현은 심사숙고 끝에 대답했다.

"의견 자체에는 문제가 없습니다……. 분명 타당한 지점도 있고요……. 다만 그 의견들이 전부 취향의 차이에서 발생한 문제라는 겁니다……. 조금은 닉 리먼드와 비슷한 생각을 하게 된 것 같더군요……. 유나는 이제 일종의 선구자와 같습니다……."

정호가 다시 한 번 확인하기 위해 물었다.

"서연이와 수아가 함께 고친 이전의 곡은 어떻습니까?"

이번에는 조금 더 확신을 가진 말투로 한유현이 대답했다.

"그 수정 버전의 곡도 사실 좋습니다……. 제가 그때 반대를 하지 않은 것도 그 수정 버전의 곡이 상당히 좋다고 생각했기 때문이었지요……. 특히 서연이와 수아는 아시아의 대중을 잘 이해하고 있습니다……. 활동 무대의 영향이겠지요……."

정호의 생각대로였다.

신유나는 닉 리먼드와 함께하면서 실험적인 음악에 대한 깊은 조예를 가지게 된 것 같았다.

뛰어난 음악성을 확보하게 되었다는 뜻이었다.

하지만 이와 다르게 오서연과 하수아는 아시아를 중심으로 활동하면서 대중에 대한 더 깊은 이해를 할 수 있게 되었다.

오서연과 하수아의 뜻대로 수정을 한다면 성공은 보장이 된 것이나 다름이 없었다.

'음악성과 대중성의 차이라……. 하지만 이것보다도 문제가 되는 것은 유나가 음악성을 고집하고 있다는 사실이다…….'

음악성과 대중성은 어떤 것이 더 중요하다고 말할 수 없는 문제였다.

그렇기 때문에 자신의 의견을 피력할 때는 조금 더 조심스럽게 접근할 필요가 있었다.

심지어 꼭 이런 문제가 아니더라도 한 팀이라면 다른 팀원의 의견을 존중하는 것은 당연했다.

한유현도 이 부분을 알고 있었기에 정호에게 물었다.

"어떻게 하실 생각인가요? 유나를 따로 불러서 대화를 나눠 보실 생각입니까?"

정호는 고개를 저었다.

"그럴 수는 없습니다. 유나가 저를 신뢰하고 있는 것은

사실이지만 유나는 이제 스타입니다. 그런 식으로 접근한
다면 유나의 자존심이 상처를 입을 수도 있어요."

"어렵군요."

한유현이 심각한 표정을 지었다.

정호가 한유현을 안심시켰다.

"걱정 마세요. 제가 잘 해결해 보겠습니다."

그렇게 계단실에서 나오자 총괄매니지먼트부 3팀의 팀
장으로서 이번 회의 참여하고 있던 민봉팔이 정호에게 물
었다.

"어떻게 할 거야?"

민봉팔도 상황의 심각성을 깨달은 모양이었다.

"중간에서 잘 커트를 해야지. 너도 좀 도와줘."

민봉팔은 정호의 말을 찰떡같이 알아들었다.

정호는 시의적절하게 끼어들어 신유나의 의견 피력을 거
부감이 느껴지지 않는 선으로 자연스럽게 바꾸겠다고 말하
고 있는 것이었다.

동시에 회의의 분위기도 부드럽게 만들어 보겠다고 말하
고 있는 것이기도 했고.

"오케이, 알겠어."

민봉팔이 걱정 말라는 듯 고개를 끄덕이며 대답했다.

확실히 이럴 때 믿을 만한 사람은 민봉팔뿐이었다.

정호가 한 꺼풀 걱정에서 벗어나며 입을 열었다.

"10분 됐다. 들어가자."

사람들이 다시 회의실로 모였다.

자리가 전부 차고 회의가 재개되려는 순간, 정호는 신유나와 눈이 마주쳤다.

신유나가 정호를 향해 갑자기 살짝 고개를 끄덕, 했다.

낌새가 이상하다는 생각이 들어 정호는 다른 밀키웨이 멤버들을 재빨리 훑었다.

하수아와 오서연도 마찬가지였다.

다른 사람은 보지 못하게 정호에게 살짝 고개를 끄덕여 보였다.

'이게 뭐지……?'

정호가 상황을 파악하기도 전에 회의가 시작됐다.

가장 먼저 발언권을 얻은 것은 아까 발언을 하다가 멈춘 신유나였다.

그리고 신유나의 입에서는 뜻밖의 얘기가 나왔다.

"아까의 일에 대해서 사과를 하고 싶습니다."

다시 한 번 사람들의 시선이 신유나에게 몰렸다.

신유나가 계속 말을 이었다.

"이전 회의의 과정을 알지 못했기 때문에 경솔했어요. 제 의견만 너무 앞세우고 말았습니다. 그러니깐…… 아까의 일은 잊어 주세요."

정호와 민봉팔이 서로를 바라봤다.

두 사람은 모두 '이게 뭐지……?' 하는 표정을 짓고 있었다.

그러는 동안에도 신유나는 계속 발언을 했다.

"아까 너무 밝게만 구성됐다고 한 부분은 다시 그대로 가는 게 좋겠어요. 단순하기 때문에 대중들의 마음을 사로잡을 수 있는 부분이 확실히 있는 것 같거든요. 그리고 아까 박자를 쪼갰던 파트는……."

신유나가 다시 섬세하게 수정 방향을 잡았다.

신유나의 발언이 이어질수록 사람들의 표정이 다시 밝아졌다.

결국 두 번째 회의도 그렇게 끝이 났다.

곡은 첫 번째 회의의 수정 버전에서 신유나의 의견을 참고하여 일부분만 추가 수정을 가미했다.

파격적인 수정은 없었다.

모두가 납득할 수 있는 적당한 수준의 수정만이 이뤄졌고 그 결과 밀키웨이의 다섯 번째 타이틀곡은 음악성이 확보된 곡으로 순식간에 바뀌었다.

원곡자인 한유현마저도 조금 놀란 기색이었다.

두 번째 회의에 참여한 모두가 웃는 얼굴로 회의실을 나섰다.

그리고 정호는 의아함을 감추지 못하며 밀키웨이 멤버들을 따로 불러 모았다.

정호가 오서연, 하수아, 신유나에게 물었다.

"너희 10분 동안 무슨 일이 있었던 거야? 혹시 싸우기라도 한 거야? 설마…… 아니지?"

매니지
먼트의
제왕 5

정호의 말을 듣고 세 사람이 동시에 웃었다.

정호는 뭐가 웃긴 건지 몰라 어리둥절해했다.

정호의 표정을 보고 부연 설명이 필요하다고 생각했는지 하수아가 말했다.

"우린 아무것도 안 했어요. 평소처럼 각자의 방식으로 휴식을 취했죠. 10분 동안."

하수아의 설명을 듣고도 정호는 이해할 수 없는 부분이 많았다.

"그럼 어떻게 갑자기 쉬는 시간이 끝나자마자 그렇게 다른 의견을 낼 수 있었던 거야?"

정호의 질문에 신유나가 답했다.

"10분이면 충분했어요. 언니들의 생각을 이해하고 우리가 팀이라는 걸 이해하는 데 10분이면 충분하고도 남을 시간이죠."

솔직히 정호는 이번 다섯 번째 앨범 작업이 순조로울 거라고 생각하지 않았다.

기대가 되는 만큼 어려움이 따를 거라고 생각한 것이었다.

확실히 밀키웨이 멤버들의 팀워크는 정호가 지금까지 보아온 어떤 팀보다도 좋았지만 이와 별개로 밀키웨이 멤버들이 지금까지 떨어져서 지낸 시간이 너무나도 길었다.

또한 종종 함께 지내더라도 각자의 활동이 바빠서 서로를 신경 쓸 시간이나 여력도 너무 없었다.

그러다 보니 각자의 영역이 더욱더 확고해졌고 그런 까닭에 정호는 네 사람이 다시 뭉치면 분명 의견 충돌 내지는 불화 같은 것이 발생할 거라고 생각했다.

하지만 신유나의 말대로 딱 10분이면 됐다.

딱 10분 만에 밀키웨이는 다시 원래의 밀키웨이로 돌아왔다.

〈미스 하노이〉의 공연을 마치고 한국으로 돌아온 유미지도 마찬가지였다.

"어…… 이게 원래 이렇게 되는 건가요……?"

처음 회의실에 들어섰을 때는 뮤지컬과 앨범 활동의 차이를 구분하지 못하고 버벅거렸지만 10분이 지나자마자 다시 원래의 유미지도 돌아와 리더의 역할을 똑똑히 해냈다.

유미지가 세 번째 회의 도중 자신의 파트를 양보하기 위해 말했다.

"이 부분은 저보다 유나가 부르는 게 좋겠어요. 파트는 실력으로 확실하게 분배해야 팀 전체가 살아날 수 있거든요."

그렇게 세 번째 회의 만에 거의 대부분의 문제가 결정됐고 어느새 밀키웨이 멤버들은 곡 수정, 음원 배분, 안무 구성, 콘셉트 확립 등의 모든 일을 끝내고 연습에 들어가 있었다.

어느 누구도 감히 상상할 수 없는, 정말 환상적인 앨범 제작 속도였다.

정호조차도 밀키웨이 멤버들의 팀워크에 놀라 혀를 내둘렀다.

'내가 단단히 착각했어……. 나도 모르게 사람들의 시선에 마음이 흔들린 것일까…….'

밀키웨이 멤버들의 개인 활동이 지속적으로 이어지면서 언제부턴가 온라인상에서는 이런 소문이 돌기 시작했다.

애정과 우려가 섞인 반응이었다.

[님들 밀키웨이 불화설 실화임?]

[그럴 리가 없어요ㅠㅠ 불화설은 뜬소문입니다ㅠㅠㅠㅠ]

[결국 밀키웨이도 이렇게 해체 각인가요?]

[나도 불화설은 개소리라고 본다ㅋㅋㅋㅋ 솔직히 밀키웨이가 괜히 해체를 할 필요는 없지ㅋㅋㅋㅋ]

[근데 해체는 아니어도 예전처럼 다시 뭉칠 것 같지는 않다ㅇㅇ]

[뭉치더라도 서비스 차원 정도겠지ㅋㅋㅋㅋㅋㅋㅋㅋㅋㅋ]

[〈차일드〉가 결국 밀키웨이의 마지막 명반이 되겠구나ㅠㅠㅠㅠ]

그리고 정호는 스스로도 모르게 이런 소문으로 인해 압박을 받고 있었던 모양이었다.

정호가 미소를 띤 채 밀키웨이 멤버들의 안무 연습을 보며 생각했다.

'재밌군……. 일이 아주 재미있게 돌아가고 있어…….'

밀키웨이 멤버들은 보란 듯이 정호의 생각이 틀렸다는 사실을 증명해 보였다.

다섯 번째 앨범의 준비 과정에서 정호의 생각이 착각이며 자신들이 최고의 팀이라는 것을 확실히 알린 셈이었다.

그리고 이제 그걸 정호가 아닌 세상에 증명해 보일 차례였다.

'너희가 최고다! 그러니깐 사람들의 생각을 완벽하게 부셔라!'

한 달 후, 발매될 밀키웨이의 다섯 번째 앨범 〈퍼스트 어게인(First Again)〉이 벌써부터 기대되는 정호였다.

밀키웨이가 써 나갈 전설이 눈앞에 아른거렸다.

매니지먼트 제왕

13장. 최고에 어울리는 최고의 전략

정호도 놀고만 있던 것은 아니었다.

다섯 번째 앨범 〈퍼스트 어게인〉의 성공을 위해서 최선의 속도로 발 빠르게 움직였다.

먼저 이번 앨범에 삽입되는 한유현의 곡은 단 두 곡뿐이었다.

타이틀곡과 커플링곡이 바로 그것이었다.

한유현의 곡인 만큼 두 곡은 모두 굉장히 좋았다.

특히 시간을 넘어서서 몇 번이고 처음인 것처럼 사랑하겠다는 내용이 담긴 속도감 넘치는 타이틀곡 〈퍼스트 어게인〉은 유니버스 사이에서 역대급 명곡으로 통하는 〈러닝〉이나 〈차일드〉에도 뒤지지 않을 정도의 곡이었다.

세련된 미디엄템포로 한 커플의 재회를 다루고 있는 커플링곡 〈어게인, 어게인〉도 더블 타이틀 얘기가 나올 정도로 〈퍼스트 어게인〉의 버금가는 좋은 노래였다.

하지만 여기까지였다.

이후로 정호는 다섯 번째 앨범 〈퍼스트 어게인〉의 모든 곡을 멤버들이 직접 채울 수 있도록 조치했다.

앨범에 대한 멤버들의 참여도가 높을수록 음악성에 대한 평가와 홍보 가치가 상승한다는 점을 노린 정호의 한 수였다.

그런 까닭에 한유현의 두 곡을 제외한 나머지 열 곡을 신유나와 오서연이 채웠다.

심지어 한유현의 두 곡조차도 편곡자에 밀키웨이 멤버들의 이름이 전부 올라갈 예정이었다.

여러 차례 회의를 걸쳐 밀키웨이 멤버들이 두 곡을 적극적으로 수정했기 때문에 한유현은 이 점에 대해서 전혀 불만이 없었다.

워낙 완성도에 대한 순수한 욕심을 부리는 사람이라서 그런지 오히려 이런 말을 하며 기뻐했다.

"두 곡의 완성도가 정말 많이 높아졌군요……! 저에게도 특별한 경험이었습니다. 곡을 부를 사람이 적극적으로 편곡 작업에 참여하면 이렇게나 좋은 결과가 나온다는 걸 알 수 있었으니까요. 다른 곡 작업을 할 때도 이렇게 해봐야겠습니다."

매니지먼트의 제왕 5

처음에는 정호에 대한 신뢰와 양보의 마음으로 편곡 작업을 양보한 것이겠지만, 결과적으로 한유현에게도 배울 만한 점을 발견한 좋은 경험이 된 셈이었다.

정호가 준비한 두 번째 카드는 피처링이었다.

오서연과 신유나가 만든 노래는 그 자체로도 좋았지만 사실 두 사람이 만든 곡이 한유현이 만든 곡만큼의 성공을 보장하는 것은 아니었다.

그래서 피처링의 도움을 받기로 했다.

물론 두 사람이 순수하게 자신의 힘만으로 작업한 곡도 삽입될 예정이었다.

이 곡들은 이 곡들만의 유니크함이 있었기 때문이었다.

또한 오서연과 신유나의 작곡 능력이 어느 정도인지 증명할 수 있는 또 다른 중요한 기회이기도 했다.

그 외에는 피처링의 도움을 적극적으로 받았다.

신유나의 곡에 가장 먼저 참여한 가수는 블루 도넛이었다.

블루 도넛의 보컬인 권채아의 독특한 음색과 블루 도넛의 전곡을 작곡하기로 유명한 안소찬의 섬세함이 더해지자 신유나의 곡은 한층 더 훌륭한 세련미를 갖추게 되었다.

블루 도넛이 함께한 곡의 메인 프로듀싱을 맡은 신유나가 녹음이 끝나자마자 엄지손가락을 치켜들었다.

"완벽해요!"

신유나의 곡에 도움을 준 다음 타자는 아웃라이더였다.

최근 프로듀싱 부분에서도 성공적으로 재기한 아웃라이더는 특유의 속도감을 신유나의 곡에 잘 녹아냈다.

그러다 보니 신유나의 곡은 신유나로서도 전혀 생각한 바가 없는 쪽으로 변화했다.

아웃라이더가 참여한 곡에서는 아웃라이더가 메인 프로듀서가 됐는데 신유나는 녹음을 하다가 혼자 놀라서 중얼거렸다.

"말도 안 돼……. 음이 이 속도로 이렇게까지 변주된다고……?"

신유나가 놀랄 정도로 곡은 아주 훌륭했다.

오서연의 두 곡은 모두 닉 리먼드의 도움을 받았다.

대중의 생각에 의표를 찌르는 정호의 전략이었다.

'조금만 눈 밝은 사람이라면 밀키웨이의 다섯 번째 앨범에 닉 리먼드가 도움을 줄 거라는 걸 알겠지…….'

사실 이것만으로 전혀 문제없었다.

세계적인 싱어송라이터인 닉 리먼드라는 카드는 알고도 통하는 수였기 때문이었다.

하지만 정호는 생각을 비틀어 새로움을 추구했다.

'사람들은 지금껏 그래왔듯이 닉 리먼드가 신유나와 작업할 거라고 생각할 것이다……. 그런데 닉 리먼드가 오서연과 작업을 한다면……?'

먼저 이번 앨범에 도움을 주겠다고 전화를 건 쪽은 닉 리먼드였다.

밀키웨이의 앨범 제작 소식을 신유나와 제이미 존슨에게 전해 들었다며 최소 두 곡 정도 도움을 주겠다는 구체적인 제안이었다.

기다리고 있던 제안이었기 때문에 정호는 닉 리먼드의 생각에 흔쾌히 동의했고 감사를 표했다.

그리고 동시에 한 가지 제안을 했다.

"닉, 이번에는 다른 조합으로 작업을 하는 거 어때요?"

"어떤 식으로요?"

"이번에는 유나나 유현 씨가 아닌 서연이랑 작업을 하는 거죠."

"와우! 오서연? 좋…… 잠깐만요."

금방 긍정적인 답변을 줄 것 같았던 닉 리먼드가 갑자기 말을 멈추고 고심하는 척을 했다.

그러더니 정호에게 조건을 달았다.

"저도 오서연 양과의 작업이 기대됩니다……. 오서연 양이 광장히 좋은 작곡을 해왔다는 걸 직간접적으로 여러 차례 확인했거든요……. 하지만 조건이 하나 있습니다……."

닉 리먼드답지 않은 신중한 태도에 정호는 괜히 웃음이 나오려고 했지만 간신히 웃음을 참으며 대답했다.

"뭐죠……?"

"제 노래에는 미지 양을 메인 보컬로 세워 주세요!"

정호가 결국 웃음을 참지 못하고 픕, 하고 소리를 뿜었다.

그러고는 흔쾌히 동의했다.

어차피 정호는 닉 리먼드가 이런 식으로 속내를 드러내리라는 것을 알고 있었다.

'뭐…… 미지만 조심시키면 되는 일이지……. 사람의 마음은 한 방향에서 좋다고 어떻게 이뤄지는 것이 아니니깐……. 이럴 때 보면 닉 리먼드도 참 순진해…….'

정작 순진한 사람이 누군지도 모른 채 정호가 생각했고 오서연과 닉 리먼드의 콜라보가 이렇게 이뤄졌다.

두 곡 중 닉 리먼드는 한 곡에만 보컬로 참여했다.

다른 한 곡은 프로듀싱만을 하기로 했다.

닉 리먼드가 보컬로 참여한 곡은 오서연과의 조화가 독특하면서도 눈부셨다.

오서연이 래퍼였기 때문에 보컬에 특화된 신유나와는 또 다른 분위기를 자아냈다.

'오…… 이렇게 서연이에게도 명곡이 하나 생기는 건가……?'

정호가 자신도 모르게 이런 생각을 할 정도였다.

놀라기는 오서연도 마찬가지였다.

완성된 곡을 듣고 오서연이 큼, 하고 헛기침을 했다.

말은 안했지만, 얼굴이 흥분으로 빨갛게 달아오른 게 완성된 곡이 굉장히 마음에 드는 기색이었다.

닉 리먼드의 프로듀싱만 들어간 오서연의 곡에는 유미지와 정문복이 참여했다.

보컬 파트를 유미지가 맡고, 오서연과 정문복이 벌스 두 개 쪼개 랩 파트를 맡는 식이었다.

닉 리먼드가 오서연과 함께 작업한 이번 곡은 아주 독특하게도 뮤지컬의 느낌이 났다.

누가 봐도 유미지에게 초점이 맞춰진 곡이라는 걸 알 수 있었다.

녹음 과정을 살펴보며 정호가 생각했다.

'닉 리먼드의 흑심이 느껴지는군…… 그래도 다행인 점은 곡이 굉장히 좋다는 것일까……'

정호는 유미지와 자꾸 시선을 맞추며 프로듀싱을 하는 닉 리먼드가 왠지 거슬렸지만 좋은 곡이 나왔다는 점에서 만족하기로 했다.

이번 밀키웨이의 다섯 번째 앨범 〈퍼스트 어게인〉은 정말 완성도가 높은 앨범이었다.

밀키웨이는 지금까지 모든 앨범을 열 곡 이상씩 꾹꾹 눌러 담으며 완성도 높은 앨범을 추구했지만 그중에서 〈퍼스트 어게인〉은 단연 최고였다.

하나의 법칙처럼 절대로 실패를 벗어나지 않는다는 점에서 '한유현의 정리'로 통하는 한유현의 타이틀곡과 커플링곡이 들어가 있었고, 아웃라이더, 안소찬, 닉 리먼드라는 최고인 동시에 개성이 있는 프로듀서들이 곡 작업을 함께했으며, 청월 최고의 가수라고 할 수 있는 사람들이 거의 모두 달려들어 〈퍼스트 어게인〉의 앨범 제작을 도왔으니 완성도가 높지 않으려야 않을 수 없었다.

그렇게 완성된 앨범은 그 자체로 완벽했다.

더 이상의 홍보가 필요 없을 정도로 이번 앨범 〈퍼스트 어게인〉은 최고 중의 최고였다.

하지만 이번 앨범에 대한 정호의 전략은 여기서 끝이 아니었다.

'최선을 다하겠다! 뮤직비디오까지도!'

정호는 지금까지 밀키웨이의 뮤직비디오를 만들어왔던 김 감독에게 전화를 걸었다.

세 번째 앨범 〈러닝〉으로 인연을 맺은 김 감독은 〈러닝〉 당시 두 편의 명작 뮤직비디오를 만들었던 인물이었다.

〈러닝〉의 뮤직비디오를 계기로 밀키웨이는 아시아 진출의 교두보를 마련했고, 김 감독 개인도 〈러닝〉의 뮤직비디오 덕분에 엄청난 명성을 얻었다.

뿐만 아니라 김 감독은 밀키웨이의 네 번째 앨범 타이틀

곡인 〈차일드〉의 뮤직비디오를 제작하며 계속해서 밀키웨이와 인연을 맺고 있었다.

성공에 대한 영향력은 〈러닝〉의 뮤직비디오가 더 크지만 사실 유터보에서 더 많은 조회수를 기록한 뮤직비디오는 〈차일드〉였다.

닉 리먼드가 밀키웨이의 존재를 알게 될 때만 해도 유터보에서 조회수가 더 높은 것은 〈러닝〉의 뮤직비디오였지만 이후 〈차일드〉가 이 기록을 경신했다.

그럴 수밖에 없는 게 〈차일드〉는 밀키웨이를 대한민국의 국민 아이돌을 넘어서 아시아의 아이돌로 만든 노래였기에, 전 세계적으로 관심도가 훨씬 높았다.

확실히 완성도도 〈러닝〉의 뮤직비디오보다는 〈차일드〉의 뮤직비디오가 더 높았다.

어쨌든 명실공히 우리나라 최고의 뮤직비디오 감독인 김 감독과 인연을 맺고 있다는 사실은 밀키웨이에게 언제나 장점으로 작용하고 있었다.

'아주 다행스러운 일이지. 〈러닝〉으로 김 감독과 인연을 맺어두길 정말 잘했다.'

정호는 이런 생각을 하며 전화를 받은 김 감독과 대화를 나눴다.

"이번에 밀키웨이가 다섯 번째 앨범을 냅니다."

정호의 말에 김 감독이 반응했다.

"드디어 나오는군요! 기다리고 있었습니다!"

역시나 김 감독은 긍정적으로 반응해 줬다.

정호가 빙그레 웃으며 말했다.

"기다려 주셨다니 다행이군요. 저희도 김 감독님이 뮤직비디오를 만들어 주시기를 손꼽아 기다리고 있었습니다. 그리고 한 가지 부탁이 있습니다."

김 감독은 의아하다는 듯한 반응으로 되물었다.

뮤직비디오 제작에 대한 긍정적인 답변을 내준 상황에서 부탁이 또 있다니, 하는 반응이었다.

"부탁이 있다고요? 무슨 부탁이죠?"

"조금 무례할 수 있지만…… 이번 앨범의 뮤직비디오를 최고로 만들어 주세요! 부탁드리겠습니다!"

김 감독은 정호의 열정을 느낀 것인지 웃음기 머금은 목소리로 대답했다.

"좋습니다. 최고에 어울리는 최고의 뮤직비디오를 만들어드리겠습니다."

김 감독에게 이런 부탁을 한 것이 한 달 전의 일이었다.

그리고 다섯 번째 앨범의 녹음이 완료된 그날, 뮤직비디오 촬영도 시작됐다.

뮤직비디오는 총 네 편이었다.

두 편의 뮤직비디오의 주인공은 늘 그랬던 밀키웨이의 멤버 전원이었지만, 다른 두 편의 뮤직비디오의 주인공은 달랐다.

매니지먼트의 제왕 5

그 두 편의 뮤직비디오 주연은 유미지와 강여운이었
다.

매니지먼트 제왕

14장. 뮤직비디오 뮤지컬?

타이틀곡 〈퍼스트 어게인〉과 커플링곡 〈어게인, 어게인〉의 뮤직비디오는 기존과 같이 밀키웨이 멤버들이 주인공이었다.

두 편 다 딱히 연기가 필요하지 않는, 세련된 영상미가 돋보이는 뮤직비디오였다.

최신 트렌드를 크게 벗어나지 않으면서 개성을 나타낸 방식이었다.

말이 좋아 트렌드를 벗어나지 않은 개성이지, 사실상 김 감독 정도의 실력자가 아니라면 성공할 수 없는 일이었다.

어설프게 시도하다간 수준 낮은 모작처럼 보이기 십상이었다.

정호가 김 감독이 넘긴 뮤직비디오 최종본을 보며 생각했다.

'역시 김 감독이야. 분명 비슷하게 만든 다른 뮤직비디오들과 같은 느낌이 나야 정상인데 기술적으로 새롭게 느낄 수 있도록 구성했군. 마치 혼자만 뭔가를 극복한 사람 같아.'

만족스러운 결과물이었다.

이것만으로도 충분히 다섯 번째 앨범 〈퍼스트 어게인〉에 어울리는 뮤직비디오가 나왔다고 할 수 있었다.

특히 김 감독이 기술적으로 장면마다 밀키웨이 멤버들의 매력을 각각 잘 새겨놓았기 때문에 엄청난 유터보의 조회 수도 기대할 수 있는 상황이었다.

하지만 정호와 김 감독이 준비한 수는 이게 전부가 아니었다.

오서연과 함께 작업하여 닉 리먼드가 프로듀싱한 〈오래된 뮤비〉라는 곡과 피처링 없이 순수하게 신유나의 실력으로만 작업된 〈레드 타이틀〉이라는 노래의 뮤직비디오가 김 감독의 손에 의해 추가로 만들어졌다.

그리고 이 뮤직비디오는 단순한 영상물이 아니었다.

과거에 한때 유명했던 대형 뮤직비디오들처럼 방대한 스케일에 탄탄한 스토리가 담긴 일종의 뮤직드라마였다.

'아니지. 이건 뮤직드라마라고 불러서는 안 된다. 이건 뮤직비디오 형식으로 만든 뮤지컬 영화야. 전혀 새로운 시도지.'

이 방식에 대해서 제안한 사람은 정호였다.

원래 강여운의 영향력을 이용하여 홍보 계획을 짜고 있던 정호는 유미지 위주로 만든 닉 리먼드의 곡을 듣자마자 이 아이디어를 떠올렸다.

'그래. 여운이를 뮤직비디오의 단순 출연자로 만드는 것은 아쉽지. 여운이와 미지를 주연으로 내세운 뮤지컬 한 편을 찍는다면…… 괜찮겠는데?'

정호는 이 아이디어를 김 감독에게 전했다.

김 감독이 뮤지컬에 대단한 조예가 있는 것은 아니었지만 워낙 센스가 뛰어났기 때문에 정호가 원하는 바를 쉽게 캐치해 냈다.

그러고는 말했다.

"확실히 그렇게 한다면 미지 양의 장점과 매력을 살릴 수 있는 동시에 〈퍼스트 어게인〉의 굉장한 홍보 효과를 불러일으킬 수 있을 것 같습니다. 흥미로운 작업이 되겠군요."

김 감독이 흥미를 보였기 때문에 정호는 이 '뮤직비디오 뮤지컬'에 대한 더 상세한 전략을 세웠다.

새로운 〈미스 하노이〉의 연출로 세계적인 뮤지컬 감독이 된 정 감독의 도움을 받기로 한 것이었다.

정 감독은 밀키웨이의 새 앨범과 '뮤직비디오 뮤지컬'이라는 새로운 장르에 도전한다는 점에 대해서 만족감을 표현한 뒤 입을 열었다.

매니지
먼트의
제왕5

김 감독이라는 한 분야의 거장을 만나는 일에도 굉장히 즐거워하고 있었기 때문에 정 감독의 기분은 어느 때보다도 좋아 보였다.

"잇몸이 없다면 이로. 여운 양은 노래를 못하지만 연기로 그 부분을 충분히 커버할 수 있을 거예요. 립싱크라는 것은 목소리가 아니라 입술로 하는 거니까요! 연기란 것은 언제나 입술이 중요하죠!"

정 감독다운 이상한 표현이었지만 핵심은 강여운의 분량을 줄이자는 것이었다.

김 감독이 정 감독의 말에 대꾸했다.

역시나 김 감독도 정 감독이라는 타 분야의 훌륭한 거장을 만나서 기분이 좋은 것 같았다.

"오, 역시 그렇군요. 그럼 여운 양의 분량은 최대한 줄이는 쪽이 좋겠죠? 주인공이라는 느낌을 잘 살려서요."

정 감독이 고개를 끄덕였다.

"그게 좋겠죠. 아무래도 뮤직비디오 뮤지컬인 만큼 메인은 미지 양으로 가는 게 좋을 겁니다. 이쪽 계열에서 입술이 더 아름다운 쪽은 여운 양이 아니라 미지 양일 테니까요."

그렇게 좋은 분위기 속에서 전체적인 방향부터 세부적인 콘셉트, 콘셉트에서 어울리는 곡 선정까지 이뤄졌다.

〈오래된 뮤비〉만이 아니라 〈레드 타이틀〉까지 포함하여 총 두 곡짜리 뮤직비디오 뮤지컬을 만들자는 얘기도 여기서 나온 것이었다.

이후 세 번의 회의가 더 있었다.

정식 회의만 세 번이었을 뿐, 김 감독과 정 감독은 거의 매일같이 만나 의기투합하여 뮤직비디오 뮤지컬에 대한 의견을 나누고 있었다.

만나지 못할 때는 전화로 서너 시간씩 상의를 할 정도로 두 사람의 열정은 대단했다.

정호로서는 도저히 이해할 수 없을 정도로.

그래서 언젠가 정호는 김 감독과 둘이 있게 되었을 때 두 사람이 어째서 이렇게 열정적인지 물은 적이 있었다.

김 감독이 피식, 웃더니 대답했다.

"정말 왜 그러는지 모르십니까?"

김 감독의 질문에 정호는 순순히 대답했다.

"네, 정말 모르겠습니다. 솔직히 이 작업이 큰돈이 되는 것도 아닌데……."

김 감독이 고개를 끄덕였다.

"확실히 큰돈이 되는 건 아니죠. 기껏해야 다른 뮤직비디오보다 1.5배 많은 금액 정도일 뿐이고 실패했을 리스트도 굉장히 크니까요."

밀키웨이는 아시아 최고의 걸 그룹이었다.

특히 이전의 뮤직비디오로 굉장한 성과를 낸 바가 있는 독특한 케이스의 걸 그룹.

그러다 보니 밀키웨이의 뮤직비디오를 만든 것은 상당히 부담스러운 일이었다.

비록 지금 밀키웨이의 뮤직비디오를 만드는 사람이 이전에 굉장한 뮤직비디오를 만들었던 사람이라도 말이다.

"그런데도 열정적인 이유가 뭡니까? 리스크가 큰 만큼 실패해서는 안 되니깐?"

김 감독이 고개를 저으며 말했다.

"새로운 도전에 대한 기대 때문에 이 일은 맡은 것도 있지만…… 더 결정적인 계기를 말하자면…… 오 이사님 때문이죠."

"네?"

정호가 무슨 말인지 모르겠다는 표정으로 묻자 김 감독이 하하하, 하고 웃었다.

그런데도 정호는 정말 김 감독이 무슨 말을 하는지 알 수 없었다.

정호가 계속 어리둥절한 표정을 짓자 김 감독이 소리 내어 한참 웃고도 계속 미소를 머금은 채 말했다.

"정말 왜 오 이사님 때문인지 모르시는 모양이군요. 그럼…… 생각해 보십시오. 저와 정 감독님이 어떻게 이 자리에 올 수 있었는지."

그제야 정호는 김 감독의 말을 이해했다.

"아……."

김 감독이 빙그레 웃으며 말했다.

"바로 그겁니다. 우리가 이 일에 열정적인 이유…… 저희는 그저 은혜를 갚고 있을 뿐입니다."

은혜를 갚는 것치곤 굉장히 열정적이라는 생각이 들긴
했다.

하지만 좋은 게 좋은 거라고 두 사람을 굳이 말릴 필요는
없었다.

그렇게 시간이 흘러 뮤직비디오 뮤지컬의 본격적인 촬영
이 시작됐다.

촬영장 분위기는 너무 좋았다.

주연 배우인 두 사람이 데뷔 전부터 언니, 동생을 하던
사이였기 때문에 분위기가 좋을 수밖에 없었다.

덕분에 촬영은 어느 때보다도 순탄하게 진행됐다.

전체적인 뮤지컬의 분위기는 정 감독이 흔들림 없이 잡
았고, 뮤직비디오의 느낌을 살려 영상으로 처리돼야 할 부
분은 김 감독이 섬세하게 빈틈없이 막았다.

김 감독과 정 감독은 그렇게 오랫동안 호흡을 맞춰온 사
람처럼 공동 연출의 묘미를 살렸다.

하지만 더욱 놀라운 것은 강여운과 유미지였다.

아무리 좋은 요리사가 있어도 결국 요리는 재료가 맛을
좌우하는 것이었다.

그리고 이 뮤직비디오 뮤지컬의 가장 중요한 재료는 강
여운과 유미지라고 할 수 있었다.

두 사람의 연기 내공은 장난이 아니었다.

강여운이야 본업이 배우인 만큼 원래 뛰어났고 그 사실
을 여러 차례 증명한 바가 있었지만 유미지는 조금 달랐다.

뮤지컬이라는 한정적인 무대에서만 활동했기 때문에 카메라 앞에서 하는 연기가 어색할 거라는 편견 같은 게 없잖아 있었다.

　하지만 이는 오산이었다.

　카메라 앞에 선 유미지는 강여운 못지않게 자연스러웠고 뛰어난 연기를 보여줬다.

　도저히 흠이라고는 찾아볼 수 없는 수준의 연기였다.

　강여운이 조용히 다가와 이런 말을 할 정도였다.

　"미지 연기가 많이 늘었네요, 오빠. 솔직히 조금 놀랐어요."

　놀란 것은 김 감독 역시 마찬가지였다.

　김 감독이 순순히 고백했다.

　"제 선입견이 부끄러울 정도입니다."

　그러자 자신의 딸이 칭찬을 받은 것처럼 기뻐하며 정 감독이 고개를 끄덕였다.

　"제가 말했잖아요. 우리 미지 양보다 입술이 아름다운 배우는 없을 거라고요, 하하하."

　도대체 어떤 맥락에서 알아들어야 할지 모르겠는 정 감독만의 독특한 표현이었지만 칭찬을 하고 있는 것은 분명했기에 정호도 따라 웃었다.

　좋은 분위기만큼 좋은 결과가 곧 나올 예정이었다.

◇ ◆ ◇

마침내 모든 뚜껑이 열렸다.

네 편의 뮤직비디오 공개와 함께 전 세계에서 동시에 밀키웨이의 음원이 판매되기 시작했다.

반응은 첫날부터 뜨거웠다.

더 정확히 말하자면 음원 발매일을 공개한 그날부터 음원 발매 이후까지 뜨거운 반응은 식을 줄을 몰랐다.

그리고 그 반응은 고스란히 성적으로 돌아왔다.

단 한 시간 만에 국내의 모든 음원 차트를 석권한 것이 시작이었다.

두 시간 후부터는 1위부터 10위까지 모든 순위를 집어삼켜 버렸다.

실시간으로 순위를 확인하고 있던 모든 사람들이 경악했다.

지구 반대편에 있다고 해도 과언이 아닐 닉 리먼드가 전화를 걸어올 정도였다.

"오 이사님, 제가 꿈꾸고 있는 거 아니죠?"

확실히 닉 리먼드가 놀라는 게 이상하지 않을 만큼 이번에는 기세가 무서웠다.

이미 아시아 최고의 걸 그룹 타이틀을 가진 밀키웨이였기 때문에 아시아 전역에서의 반응은 충분히 이해가 갔다.

조금 과도한 수치가 나타나고 있긴 했지만 그럴 수도 있 겠다는 생각이 드는 것은 부정할 수 없는 사실이었다.

하지만 폭발적인 반응은 아시아 전역으로 그치지 않고 있었다.

과장 하나 보태지 않고 전 세계가 밀키웨이에 주목했다.

[너희 밀키웨이라고 알아?]

[모를 수 있어? 요즘 난리야!]

[닉 리먼드의 이름이 있길래 닉 리먼드가 또 앨범을 낸 줄 알고 들어가 봤더니…… 응? 어디서 이런 다이아몬드 가?]

[신유나는 알고 있었어…… 나는 그녀가 닉 리먼드의 도 움을 받아 성공한 운 좋은 동양인이라고 생각해 왔지…… 그런데 이번에는 신유나랑 같이 작업한 곡도 없더라고! 근 데 노래가 좋아!]

[닉 리먼드는 이번에 오서연이라는 사람과 함께 작업을 했어! 꼭 들어봐…… 나는 그게 제일 좋더라고!]

[한 곡만 좋다고? 나는 네가 귀를 뚫어야 할 것 같다고 생각 중이야!]

[아니, 나는 오히려 네가 너무 과격하다는 생각이 드는 걸? 당장 밀키웨이의 노래를 듣고 진정해!]

[다들 밀키웨이라는 동양인들에 이렇게나 환장하는 이유 를 모르…… 오 마이 갓!]

매일이 기적 같고 꿈만 같았다.

도저히 일어나지 않을 것 같은 일이 계속해서 반복됐기 때문에 그런 생각이 들 수밖에 없었다.

그리고 마침내 밀키웨이의 타이틀곡 〈퍼스트 어게인〉이 빌보트 앨범 차트의 1위 자리를 차지했다.

그건 정호가 이전의 시간에서도 이루지 못한 쾌거였다.

창밖으로 우와와, 하고 지르는 소리가 들려왔다.

정호의 이사실 아래층에 있는 사무실에서 실시간으로 빌보트 차트를 확인하고 있던 홍보팀 직원들의 목소리였다.

그 목소리를 더 가까이서 듣기 위해 창문으로 정호가 다가갔다.

그러고는 생각했다.

'각종 악행으로도 이루지 못했던 일을 신의로 이뤄냈구나…….'

정호는 왠지 오늘 잠들지 못할 것 같았다.

마음이 말로 형용할 수 없는 어떤 환희로 가득 찼다.

15장. 월드 투어

　빌보드 차트 1위를 석권한 후에도 밀키웨이는 계속해서 상승세를 이어 나갔다.

　메가 히트라는 말이 무색하지 않을 정도의 인기였다.

　전 세계가 밀키웨이에 열광했고, 밀키웨이의 공연을 눈으로 보기 위해 한국으로 관광객이 몰려들었다.

　밀키웨이는 그렇게 진정한 의미의 글로벌 차일드가 되어 가고 있었다.

　반응이 워낙 뜨거웠기 때문에 임원진 회의에서도 회의의 주요 주제는 '밀키웨이의 행보'였다.

　총괄매니지먼트부 3팀의 팀장 자격으로 임원진 회의 참석한 민봉팔이 입을 열었다.

"제 생각에 이번 아시아 투어는 규모를 확장해야 한다고 생각합니다. 아시아 투어가 아닌 월드 투어를 하는 것이지요."

확실히 좋은 생각이었다.

청월은 당초에 아시아 전역의 뜨거운 반응만을 예상하여 아시아 투어만을 준비했지만, 이 정도의 반응이라면 아시아 투어는 확실히 규모가 너무 작았다.

밀키웨이를 보기 위해서 세계 전역에서 비행표를 끊고 있는 상황이었으니 그렇게 느낄 수밖에 없었다.

가장 상석에 앉아 있던 윤 대표가 말했다.

"좋은 의견이군. 다른 의견은 더 없나?"

밀키웨이의 상승세에 회사의 간부로서 덩달아 기분이 좋아진 최 이사가 발언했다.

"이참에 아시아 투어도 하고, 월드 투어도 하는 건 어떻습니까? 둘 다 성공이 불 보듯 뻔한 상황이잖아요, 하하하!"

평소라면 최 이사의 의견도 나쁘지 않았지만 현재로서는 진행하기가 어려운 부분이 있었다.

윤 대표가 이 점을 날카롭게 지적했다.

"최 이사의 의견도 일리가 있네만, 그렇게 하면 밀키웨이 멤버들이 너무 힘들지 않을까? 어떤가, 오 이사? 밀키웨이 멤버들을 가장 잘 아는 자네의 의견을 듣고 싶은데."

확실히 두 번의 투어를 진행하기에 밀키웨이는 체력적으로 힘든 상황이었다.

생각에 빠져 있던 정호가 윤 대표의 말에 대답했다.

"아시아 투어와 월드 투어를 모두 진행하면 밀키웨이 멤버들은 체력적으로 견디기 힘들 것입니다. 투어까지는 아니지만 세계무대 곳곳에서 밀키웨이를 찾고 있고 그중 몇 가지 공연의 초청은 이미 허락의 답변을 넘긴 상황입니다. 그것만으로도 밀키웨이가 아닌 다른 걸 그룹이라면 체력적으로 견뎌내지 못할 겁니다."

윤 대표는 정호가 무슨 말을 하는지 알아듣겠다는 제스처를 보이며 말했다.

"역시 그런가? 그래, 이미 보고된 공연만 참가해도 적지 않게 힘이 들겠지."

정호가 고개를 끄덕이며 계속 말을 이었다.

"맞습니다. 그래서 저도 민 부장의 말처럼 아시아 투어를 월드 투어로 확장하기 위한 계획을 머릿속으로 그려보고 있었죠. 그러던 중 좋은 제안이 들어왔습니다."

"무슨 제안인가?"

윤 대표의 질문에 정호가 빙그레 웃으며 말했다.

"아시다시피 저희가 월드 투어를 꺼리는 이유는 해외영업팀이 분전하고 있지만 전 세계적인 커넥션이 완벽하게 구축되지 못한 상태이기 때문이지요. 당장 월드 투어를 준비하고자 해도 적지 않은 시간이 지날 테고 그렇게 되면 밀키웨이는 인기와 체력이 모두 바닥난 상태가 될 수도 있습니다."

성격 급한 최 이사가 정호를 다그쳤다.

"그래서요? 빨리 좀 말해 보세요, 오 이사!"

최 이사가 다그쳤지만 정호는 미소를 잃지 않았다.

최 이사의 행동이 모두 회사에 대한 애정 때문에 나오는 것이라는 걸 알고 있었기 때문이었다.

조금 성격이 급하지만 최 이사는 정호가 입사하기도 전에 총괄매니지먼트부 1팀의 기틀을 잡은 훌륭한 인물이었다.

게다가 여전히 능력이 있는 간부이기도 했다.

정호가 그런 최 이사를 보며 말했다.

"최 이사님께서 이렇게 말씀하시니 더 이상 시간을 끄는 건 무리겠군요. 사실 얼마 전에 일렉트로닉 레코드로부터 제안이 왔습니다. 일렉트로닉 레코드는 밀키웨이가 닉 리먼드와 월드 투어를 함께하길 원하고 있습니다."

◇ ◆ ◇

거절할 이유가 없는 제안이었다.

밀키웨이의 전 세계적인 인지도가 전에 비할 바 없이 높아지긴 했지만 아직 닉 리먼드만큼은 아니었다.

다시 말해서 닉 리먼드와 함께하는 월드 투어는 좋은 홍보 효과를 거두는 한편, 밀키웨이의 높은 위상을 뽐낼 수 좋은 기회라는 뜻이었다.

게다가 이번 일은 일렉트로닉 레코드라는 세계 최고 음반 회사의 노하우를 배울 수 있는 기회이기도 했다.

이미 수십 년 전부터 월드 투어를 진행해온 일렉트로닉 레코드의 노하우는 돈을 주고도 살 수 없을 만큼의 가치가 있었다.

그렇게 서울을 시작으로 홍콩, 타이베이, 파리, 런던, 뉴욕, 시드니 등으로 이어지는 월드 투어가 진행됐고, 월드 투어는 전 공연 매진이라는 기록과 함께 굉장한 성공을 거뒀다.

"엄청난 에너지입니다! 정말 엄청났어요!"

월드 투어의 모든 공연이 끝나고도 닉 리먼드가 방방 뛸 정도로 이번 투어는 완벽했다.

하수아가 닉 리먼드를 향해 농담을 던졌다.

"닉, 기분 좋죠? 미지 언니랑 같이 몇 달이나 다니면서 공연을 하니깐, 더?"

방방 뛰던 닉 리먼드가 문득 멈춰 서서 급히 주변을 살펴봤다.

아니나 다를까 가까운 곳에서 눈을 빛내고 있는 정호와 수줍게 얼굴을 붉히고 있는 유미지가 보였다.

닉 리먼드가 서둘러 하수아에게 다가가 귓속말로 부탁했다.

"쉿! 쉿! 오 이사님이랑 미지 양이 보고 있다고요. 제발 그만둬요, 수아 양."

닉 리먼드의 다급함이 느껴졌는지 하수아가 능글맞게 말했다.

"싫은데 어쩌죠? 계속하고 싶은데?"

"하라는 대로 뭐든 다 할게요. 그러니깐 제발 참아주세요."

갑자기 하수아가 눈을 찡끗, 하는 표정을 지으며 물었다.

"그럼 제가 출연하는 예능에 게스트로 나와 줄 수 있어요?"

닉 리먼드는 하수아의 노림수가 무엇이었는지 깨닫고 하수아의 표정이 깜찍하면서도 끔찍하게 느껴졌다.

닉 리먼드가 한숨을 쉬며 대답했다.

"알겠습니다……. 출연할게요……."

자세히 듣지는 못했지만 눈치로 하수아가 닉 리먼드에게 무슨 짓을 했을지 어렵지 않게 알 수 있었던 정호가 하하하, 웃으며 말했다.

유쾌한 날을 더욱 유쾌하게 만드는 하수아의 정말 깜찍한 캐스팅 방법이었다.

"이제 공연에 대한 부담감은 내려놓고 즐겁게 즐길 시간이군요! 일렉트로닉 레코드가 준비한 축하 파티를 즐기러 갑시다!"

정호의 뒤를 따라 밀키웨이 멤버들과 닉 리먼드가 공연장 옆에 마련한 축하 파티장으로 이동했다.

이로써 밀키웨이의 다섯 번째 앨범 활동은 성공적으로 마무리되고 있었다.

굳이 최종 승자를 따지자면 최종 승자는 다름 아닌 하수 아였다.

◇ ◆ ◇

월드 투어의 시작점이었던 서울로 돌아와 월드 투어를 마무리했기 때문에 축하 파티도 서울에서 벌어졌다.

특1급 호텔의 축하연장에서 벌어진 파티는 성대했다.

월드 투어 공연에 비할 바는 아니었지만 정호가 지금까지 경험했던 어떤 파티보다도 화려한 부분이 있었다.

정호가 화려한 파티를 신나게 즐기고 있는 밀키웨이 멤버들과 닉 리먼드를 보며 생각했다.

'다들 지치지도 않네.'

사실 파티 날짜를 다른 날로 옮길 생각이었다.

성공적으로 월드 투어를 마친 밀키웨이 멤버들과 닉 리먼드를 위한 파티를 빼먹을 수는 없겠지만, 가능하면 하루라도 휴식을 취한 후 파티를 하는 것이 체력을 회복하는 데 도움이 될 거라고 생각했기 때문이었다.

이 점은 청월과 일레트로닉 레코드가 공통적으로 합의를

했고 그렇게 일이 처리되고 있었다.

하지만 축하 파티는 결국 공연 당일에 열리고 말았다.

이렇게 만든 사람은 다름 아닌 밀키웨이 멤버들과 닉 리먼드였다.

타이베이행 비행기를 타고 있을 때였다.

옆자리에 앉아 있던 신유나가 일정표를 살피다가 정호를 향해 물었다.

"왜 축하 파티를 마지막 공연 이틀 후에 하는 거예요?"

정호가 별생각 없이 대답했다.

"왜긴. 너희들이 쉴 수 있게 하려는 거지. 솔직히 월드 투어 힘들잖아."

그러자 멀지 않은 곳에 앉아 있던 오서연이 경악했다.

"말도 안 돼! 술을 먹기 위해서 이틀이나 더 기다려야 한다고?"

격한 반응을 보인 것은 월드 투어 때문에 금주를 하고 있던 오서연만이 아니었다.

닉 리먼드도 마찬가지였다.

"오 이사님! 재고해 주십시오! 이틀이나 쉬면 흥이 끊길 게 분명하다고요!"

하수아가 제일 신나서 소리쳤다.

물론 다른 승객이 없는, 일레트로닉 레코드 측에서 마련한 전용기였기 때문에 가능한 행동이었다.

"오정호는 각성하라! 각성하라!"

176   매니지
먼트의
제왕 5

그런다고 물러날 정호가 아니었다.

"너희는 좀 쉬어야 해. 축하 파티는 무조건 이틀 후야. 그렇게 알아."

하지만 몇 주 후, 정호는 밀키웨이 멤버들과 닉 리먼드를 향해 항복 선언을 해야 했다.

도저히 지치질 않는지 파리, 런던, 뉴욕, 시드니 등으로 이동하는 내내 밀키웨이 멤버들과 닉 리먼드가 '당일 파티 촉구 운동'을 벌였기 때문이었다.

뉴욕에서 격렬한 공연을 벌이느라 목이 약간 쉰 하수아가 시드니행 비행기에서도 선창했다.

"오정호는 각성하라! 각성하라!"

하수아의 선창에 다른 밀키웨이 멤버들이 후창했다.

"오정호는 각성하라! 각성하라!"

심지어 닉 리먼드마저도 한국말을 배워서 "오정호는 각성하라! 각성하라!" 하고 소리를 지르고 있었다.

결국 정호가 백기를 들었다.

"그래, 좋아! 내가 졌다. 당일에 하자, 당일에 해!"

그렇게 정호의 항복으로 축하 파티는 공연 마지막 당일에 열렸고 지금 밀키웨이 멤버들과 닉 리먼드는 신나게 파티를 즐기는 중이었다.

한곳에 모여서 신나게 춤을 추고 있던 파티의 주인공들이 정호를 발견했다.

그중 하수아가 소리쳤다.

"오 이사님 이쪽으로 오세요! 같이 놀아요!"

정호는 망설이다가 다섯 사람 사이에 합류했다.

오늘은 어느 때보다 즐길 만한 가치가 있는 날이었기 때문이었다.

"우리 이사님 춤 좀 봐라! 정말 개판이다!"

물론 정호는 춤을 그다지 잘 추지 않았다.

◇ ◆ ◇

축하 파티와 함께 밀키웨이의 다섯 번째 앨범 활동이 완벽하게 마무리됐고 밀키웨이 멤버들은 휴식기와 함께 개인 활동에 들어간 상태였다.

이 부분은 정호보다는 총괄매니지먼트부 3팀이 적극적으로 나서서 처리해줄 문제였기 때문에 딱히 신경 쓸 일이 없었다.

그래서 KBC의 드라마 국장과 점심식사를 마치고 돌아온 정호는 오랜만에 한가한 일상을 즐기고 있었다.

이사실 창문으로 따사로운 햇살이 들어왔다.

정호는 창문 가까이 앉아 서 비서가 카페에서 사다 준 커피를 마시며 생각했다.

'가끔은 이런 여유도 좋지…….'

하지만 언제나 그랬듯이 정호에게 한가한 일상은 얼마 허락되지 않았다.

이사실 전화기가 유난히 요란스럽게 울어댔다.

'뭐지……?'

정호가 몸을 일으켜 전화를 받았다.

"네, 서 비서."

"이사님, 하기진 씨 전화입니다."

서 비서의 말을 듣고 정호가 속으로 생각했다.

'기진 씨? 어쩐 일이지…… 보통은 개인 번호로 전화를 거는 양반이…….'

정호가 서 비서에게 대답했다.

"연결해 주세요."

잠시 내려놓은 전화기가 다시 울어댔고 정호가 전화를 받았다.

"기진 씨, 어쩐 일이세요? 회사 전화로 전화를 다 하고……."

"아아, 갑작스럽게 전화를 해서 오 이사님을 깜짝 놀라게 해주고 싶었는데 깜빡했습니다. 이제 오 이사님에게 비서가 생겼다는 것을, 하하하."

워낙 개인 번호로만 통화를 하기 때문에 이사실에 전화를 걸면 서 비서를 통한다는 것을 미처 생각하지 못한 모양이었다.

정호가 빙그레 웃으며 말했다.

"기진 씨도 이런 실수를 하는군요. 그나저나 궁금합니다. 무슨 일이기에 저를 깜짝 놀라게 하고 싶었나요?"

"이사님이 원하는 대로 됐습니다."

"뭐가요?"

"땅이요. 이사님이 원하는 대로 땅을 전부 샀습니다."

16장. 홍대 예술 마을

 시간이 계속 흐르면서 회만은 예술 마을로서의 구색을 완벽하게 갖췄다.

 특히 '제1회 회만 록 페스티벌' 이후 추가적으로 몇 차례의 '회만 록 페스티벌'을 성공시킴으로써 회만은 새로운 예술 마을로 급부상하고 있었다.

 뿐만 아니라 다양한 분야의 예술가들이 회만에 모여 터를 잡으면서 다양한 창작물들이 쏟아졌고, 그 결과 회만은 2차적인 지역 홍보 효과까지 누렸다.

 덕분에 회만으로 더 많은 예술가들이 몰려들었고 기존의 회만 사람들은 더욱더 풍요로운 나날을 보낼 수 있게 됐다.

◇ ◆ ◇

    이렇게 성공적으로 회만을 예술 마을로 만들면서 정호는 다른 큰 꿈을 꾸게 되었다.

    사실 회만 이전부터 고려하고 있던 부분이기도 했다.

    그건 바로 '홍대의 예술 마을화'였다.

    아는 사람들은 아는 얘기겠지만 홍대는 한 가지 문제점을 안고 있었다.

    흔히 젠트리피케이션(Gentrification)이라고 불리는 현상이었다.

    본래 홍대는 지금의 모습이 아니었다.

    솔직히 과거의 홍대는 조금 낙후된 면이 없지 않았는데 홍대를 중심으로 활동했던 예술가들이 홍대라는 도시를 하나의 아이콘이자 젊음의 거리로 바꿔놓은 것이었다.

    그러자 수많은 사람들이 홍대의 문화를 즐기기 위해 홍대로 몰려들었다.

    홍대의 예술가들은 이런 현상에 뿌듯함을 느꼈지만 좋은 일만 있던 것은 아니었다.

    예상치 못한 현상 하나가 발생했다.

    바로 임대료 등의 땅값이 치솟아, 하나의 아이콘이자 젊음의 거리로 바꿔놓은 홍대의 예술가들이 홍대에서 생활하기가 버거워지기 시작한 것이었다.

    결국 지금의 홍대를 만들어낸 홍대의 예술가들은 망원

이나 상수로 내몰렸다.

그리고 홍대는 예술가가 살지 않는 예술의 도시가 되었다.

이런 현상이 벌어지는 것을 두고 보던 정호는 안타까움을 느꼈다.

이전의 시간에서는 이런 일이 벌어져도 콧방귀나 뀌고 말았겠지만 이번만큼은 달랐다.

홍대나 대학로 같은 곳을 돌아다니는 게 하나의 취미로 자리 잡으면서 가난한 예술가들의 문화를 이해하게 되었기 때문이었다.

가능하다면 이런 현상을 막아내고 싶었다.

하지만 당장 그럴 만한 능력이 정호에게는 없었다.

그러던 차에 회만의 건이 해결되고 하기진이 정호의 곁으로 오게 되면서 돌파구가 생겼다.

정호는 이 문제에 대해서 하기진과 상의했다.

"가능하면 홍대의 젠트리피케이션을 제 손으로 해결하고 싶습니다. 방법이 없을까요?"

하기진은 정호의 말을 바로 알아들었다.

홍대의 문제를 해결하기 위해서 가장 필요한 것은 가용 자금이었는데 이 가용 자금이 부족하다는 얘기였다.

하기진이 잠시 생각하더니 입을 열었다.

"일단 회만의 땅을 매각하면서 얻은 수익이 있습니다. 회만에 모여든 예술가들의 사정을 고려하여 시세보다 훨씬 낮은 가격에 판매를 하긴 했지만, 구매했을 때의 가격 자체가 워낙 낮았기 때문에 적지 않은 돈이 모였습니다. 그것을 굴리면 어떻게든 방법이 마련될 것 같군요."

정호가 아무리 선의를 가지고 회만을 도왔다지만 아무런 이득도 취하지 않은 것은 아니었다.

시세보다는 확실히 낮지만 구매가보다는 이득을 볼 수 있는 선에서 회만의 땅을 판매했다.

본래 정호는 회만의 땅을 구매가와 동일한 가격에 팔 생각이었지만 하기진이 반대했다.

"너무 낮은 가격은 회만으로 새로 유입되는 군민들의 책임감을 낮추는 효과를 낳을 가능성이 농후합니다. 적어도 어느 정도의 가격은 받아야 책임감이 유지될 수 있을 겁니다."

덕분에 정호는 적절한 차익을 얻을 수 있었고, 소유했던 부지가 워낙 많았기 때문에 생각보다도 큰돈을 벌어들였다.

물론 이 돈을 정호가 홀로 삼킨 것은 아니었다.

일부 금액은 투자 형식으로 회만군에 빌려줬고 다시 일부 금액은 가장 많은 돈을 빌려준 한유현에게 돌려줬다.

한유현은 수차례 한사코 이 돈을 거절했지만 정호가 강경하게 나온 탓에 어쩔 수 없이 돈을 받았다.

돈을 받으며 한유현이 한숨을 내쉬었다.

"휴…… 은혜를 갚기도 힘든데 이런 빚이라뇨……."

한유현은 자신에게 돌려주는 돈을 빚으로 생각했다.

그런 생각이 절로 들만큼 적지 않은 금액이었다.

"그런 소리하지 마세요. 전부 유현 씨가 받아 마땅한 돈입니다."

그러자 한유현이 대답했다.

"오 이사님의 태도가 강경하시니 어쩔 수 없지요. 다만한 가지 부탁드리고 싶은 일이 있습니다."

"뭐죠?"

"오 이사님이 하시는 일에 저도 투자를 하게 해주세요."

얼핏 들었을 때는 돈이 되는 일에 자신도 끼워 달라는 뉘앙스였지만 실상은 달랐다.

정호가 하는 모든 일에 돈이 부족한 일이 생긴다면 주저하지 말고 자신의 돈을 빌리라는 뜻이었다.

한유현의 말을 듣고 정호는 놀랐다.

서슴없이 돈을 빌려주겠다는 한유현의 태도에 놀란 것이아니었다.

자신이 남몰래 투자를 준비하는 곳이 있다는 걸 한유현이 눈치 챈 데 놀란 것이었다.

"유현 씨가 그걸 어떻게……?"

정호의 말에 한유현이 빙그레 웃으며 답했다.

"저도 오 이사님을 따라다닌 시간이 이제 적지 않지요."

◇ ◆ ◇

회만 건을 처리한 차익과 한유현의 투자금이 확보되면서 정호의 목표는 뚜렷해졌다.

특히 하기진은 정호와 한유현이 맡긴 돈을 적절히 투자하여 활용했고 그 덕분에 투자금은 액수의 단위부터 빠르게 달라졌다.

이전의 삶에서 하기진은 투자 컨설턴트가 아닌 경영 컨설턴트로 족적을 남겼지만 투자를 할 줄 몰라서 안 한 것이 아니었다.

경영 컨설턴트만으로도 살아가는 데 충분하고도 넘치는 부를 축적했기 때문에 투자 컨설턴트를 할 필요가 없었을 뿐이었다.

하지만 지금은 홍대의 젠트리피케이션을 해결하겠다는 뚜렷한 목표가 있었기 때문에 하기진은 자신의 재능을 이 일에 아낌없이 쏟아부었다.

그 결과 정호는 홍대 일부 지역의 땅을 구입하는 데 성공할 수 있었다.

일부 지역이라고 해봐야 홍대 안에서도 큰 발전을 이룩하지 못한, 한유현의 작업실이 있던 곳 근처를 조금 구입한 것에 불과했다.

회만과 비교하기가 민망할 정도로 적은 평수의 땅이었고, 같은 서교동이라고 해도 와우산보다는 성산 쪽에 가까운 서

매니지
먼트의
제왕 5

교동이라고 생각하면 편한 그런 지역이기도 했다.

하지만 이 지역을 구입한 것만으로도 정호가 목표를 향해 나아가는 데 충분했다.

◇ ◆ ◇

정호는 계획대로 새로 구입한 지역에 또 하나의 예술 마을을 만들 생각이었다.

그래서 우선 다양한 예술가들이 편안하게 생활할 수 있는 숙소부터 다수 확보했다.

정호가 구입한 모든 건물의 3층 이상의 공간은 전부 숙소로 활용될 예정이었다.

하기진이 물었다.

"지하방이나 반지하방을 숙소로 활용하는 것이 더 효율적이지 않겠습니까?"

하기진의 물음에 함께 마을 구성 계획을 짜고 있던 한유현이 고개를 저었다.

"그렇게 하면 많은 예술가들의 건강이 상할 겁니다. 지하방은 환기 시설을 확보한 작업실로 활용하는 것이 나을 것 같아요."

옆에서 얘길 듣고 있던 정호가 공감하며 고개를 끄덕였다.

한유현의 경험이 묻어나 있는 조언이었다.

한유현은 노숙자로 지내기에 앞서 오랜 지하방 생활을 해본 바가 있었다.

정호가 입을 열었다.

"이 부분은 유현 씨가 하자는 대로 합시다. 확실히 지하방이나 반지하방에 생활공간을 꾸미는 것은 위험합니다."

정호도 환기가 잘되지 않는 지하방이나 반지하방에 생활공간을 꾸민다는 것이 얼마나 건강을 해치는 일인지 잘 알고 있었다.

직접 체험한 것은 아니었지만 많은 연예인들을 담당하면서 자연스럽게 알게 된 사실이었다.

결국 정호와 한유현의 의견에 한유현이 동의했고 지하방은 다양한 예술가들의 공동 작업실로 최대한 활용하기로 했다.

다소 불편하긴 하겠지만 완벽한 환기 시설을 갖출 예정이었기 때문에 건강을 해치지 않는 선에서 공동 작업실로 공간을 충분히 활용할 수 있었다.

이런 식으로 지하방은 공동 작업실로 활용하고 3층 이상의 모든 공간은 숙소로 만들었다.

정호가 구입한 건물 중에는 고층짜리 건물은 거의 없었고 4층짜리 작은 건물이 대다수였다.

하지만 큰 건물도 간혹 있었기 때문에 숙소를 여럿 확보하는 것은 전혀 어렵지 않았다.

하기진이 숙소로 구획된 공간들을 가리키며 말했다.

"계획에 따라 공사가 완료되고 가구를 들이면 숙소는 어렵지 않게 확보될 것입니다. 이제 문제는 상권 형성입니다."

예술 마을을 만든다고 해서 숙소만 달랑 확보할 생각은 없었다.

숙소를 확보하기 어렵다는 점만큼이나 예술가들이 어려움을 겪는 것은 일정한 수입이 보장되는 일자리가 없다는 사실이었다.

정호는 이 문제를 해결해줄 생각이었다.

숙소로 개조되지 않은 반지하방, 1층, 2층의 공간을 활용하여 상권을 형성시킴으로써.

하기진이 입을 열었다.

"업종의 다양성은 기본입니다. 그리고 동시에 이 업종이 선의의 경쟁과 공생 관계를 이룩하게 해야 합니다. 또한 업종 자체의 경쟁력도 무시할 수 없는 부분이고요."

다행인 점은 이 모든 분야에서 하기진이 전문가라는 사실이었다.

하기진은 거대 기업의 컨설팅만 하는 컨설턴트가 아니었다.

업종부터 투자액의 규모까지 모든 것을 가리지 않고 자신의 도움이 절실히 필요하면 일단 일에 뛰어들어 기적을 만드는 프로 중의 프로이자 최고 중의 최고였다.

그렇기 때문에 하기진은 단 2주 만에 정호가 구입한 건물에 들어갈 모든 업종을 구분해냈고 각각 그 업종이 성공할 방안도 모색해냈다.

또한 업종이 들어설 곳도 교묘하게 배치하여 서로 방해가 되지 않으며 상생할 수 있는 구조를 갖췄다.

"예술 마을의 고급진 이미지를 구입하려는 사람이 주요 타깃인 만큼 식사를 위한 모든 장소는 레스토랑화하겠습니다. 또한 카페는 규모를 고려해 딱 네 곳이면 적당……."

하기진의 전문 분야로 들어오자 정호와 한유현은 할 일이 딱히 없었다.

그저 하기진이 하자는 대로 고개만 끄덕이면 뭐든 잘될 것 같았다.

마지막으로 각종 공연장과 예술 작품을 판매할 수 있는 매장을 적절히 섞는 것도 잊지 않았다.

예술가들의 에너지를 분출할 곳을 만들어야 예술 마을로서의 가치를 유지할 수 있기 때문이었다.

그렇게 마을 구성을 위한 모든 계획이 세워졌고 본격적인 공사에 들어갔다.

공사를 위한 업체를 선정하는 것도 하기진이 맡았기에 이제 공사에 관한 부분은 정호가 신경 쓸 일이 아예 없다고 봐야 했다.

정호는 한유현, 하기진과 동시다발적인 공사가 시작되는 것을 지켜봤다.

그러고는 한유현에게 말했다.

"유현 씨가 반 년 간 고생 좀 하시겠군요. 본인의 동네가 공사로 시끄러워질 테니 말입니다."

정호의 말에 한유현이 대답했다.

"시끄러운 건 상관없습니다. 오 이사님의 꿈만 이뤄진다면요."

정호와 한유현의 희망찬 대화를 나누고 있을 때 어느새 한유현과 많이 친해진 하기진이 고개를 끄덕이며 끼어들었다.

"확실히…… 시끄러운 건 상관없으시겠죠. 워낙 유현 씨의 작업실은 방음 시설이 엄청나니까요."

한유현이 유쾌하게 웃으며 대꾸했다.

"하하하. 맞습니다. 사실 제가 안심하고 있는 이유도 그때문이지요."

한유현의 말에 정호와 하기진도 즐겁게 웃음을 지었다.

그렇게 점차 반 년 뒤의 일이 기대감으로 무르익었다.

매니지먼트 제왕

17장. 반년 후

반 년 동안 많은 일이 있었다.

먼저 정 대표(이전 정 이사)의 드라마 제작사 프롬(From) 프로덕션이 성공적으로 첫 드라마를 방영시켰다.

공중파도 아니었고 커다란 히트를 한 것도 아니었지만, 첫 드라마를 스탠바이하여 무사히 종영까지 끌고 갔다는데 의미가 있었다.

무엇보다도 이 드라마를 제작하는 과정에서 청월로부터 어떤 도움도 받지 않았다는 게 더 대단했다.

선뜻 도움을 주려고 했음에도 불구하고 한사코 도움을 거절했다는 점이 조금 섭섭했기는 했지만.

이런 섭섭함은 정호보다 윤 대표가 더 큰 모양이었다.

SBC의 드라마국장과 간단히 점심식사를 하고 돌아오는 길에 윤 대표는 정호에게 이렇게 말했다.

"오 이사, 혹시 준호에게 연락받은 것은 없었나?"

정 대표가 회사를 나간 후, 윤 대표는 정 대표를 '준호'라는 본명으로 부르고 있었다.

'정 대표'라는 호칭을 두고 본명을 부르는 것으로 윤 대표가 그만큼 정 대표를 친근하게 생각한다는 의미였다.

정호가 고개를 끄덕이며 대답했다.

"연락이야 늘 주고받고 있죠."

"그래? 그럼 준호가 좀 도와 달라는 말은 없었고?"

정호가 윤 대표의 속마음을 읽고 빙그레 웃으며 답했다.

"없었습니다. 도와준다고 먼저 나서도 한사코 거절을 하더군요."

윤 대표가 심드렁한 말투로 대꾸했다.

"뭐 하러 도와준다고 하나. 나가면 어차피 남인 것을……."

윤 대표의 말이 진심이 아니라는 걸 알고 정호가 물었다.

"그럼 도와 달라고 해도 도와주지 말까요?"

확실히 섭섭하긴 했는지 윤 대표가 바로 대답했다.

"당연한 걸 뭐 하러 묻나?"

하지만 잠시 침묵이 지나가고 윤 대표가 입을 열었다.

"그래도 옛정이 있으니깐……. 도와 달라고 통사정을 하면 외면하진 말게……."

정호가 다시 빙그레 웃었다.

"예, 대표님."

정호가 빙그레 웃는 미소를 본 것인지 윤 대표가 들릴 듯 말 듯 중얼거렸다.

"이놈이나 저놈이나 사람 속을 제대로 뒤집어 놓는다니깐……."

많이 섭섭했는지 요즘 심사가 꼬일 대로 꼬여 있는 윤 대표였다.

◇ ◆ ◇

정호는 드라마의 성공적인 종영을 축하하기 위해 이제는 번듯한 한 회사의 대표가 된 정 대표에게 전화를 걸었다.

"축하합니다, 정 대표님."

정호가 축하 인사를 건네자 정 대표는 밝은 목소리로 웃으며 말했다.

"축하는 뭘. 간신히 시청률 8%대를 넘긴 드라마를 두고."

스스로의 뿌리라고 할 수 있는 청월의 도움을 일절 받지 않고 진행한 드라마가 시청률 8%대로 종영했다는 건 대단한 일이었지만 정 대표가 겸손하게 말했다.

정호는 더 높은 꿈을 꾸고 있는 정 대표의 마음을 엿본 것 같아 기뻤다.

"다음에는 더 잘될 겁니다. 첫 드라마를 이 정도로 성공시켰으니 더 잘될 수밖에 없죠."

"녀석, 쓸데없는 너스레는. 그래, 대표님은 잘 지내시지?"

정호는 정 대표에게 윤 대표와 있었던 일화를 들려줬다.

얘기를 전해 들은 정 대표가 호탕하게 웃었다.

"하하하. 윤 대표님은 정정하시구나? 다행이다……."

하지만 호탕하게 웃고 나니 괜히 조금 아련한 기분이 드는 모양이었다.

정호가 정 대표의 마음을 읽고 말했다.

"종종 대표님께 안부 연락 좀 넣으세요. 생각 많이 하시는 거 같더라고요."

"나도 그러려고 하는데 워낙 아쉬워하셔서……. 그래도 연락드려야지. 알겠다."

아직 윤 대표는 정 대표에게도 섭섭한 티를 내고 있는 모양이었다.

요즘 꼬일 대로 꼬여 있는 태도를 보면 그럴 것 같기도 했다.

어쨌든 정 대표의 회사 '프롬 프로덕션'은 부지런하게 성장을 하고 있었다.

◇ ◆ ◇

아직 걸음마 단계에 있는 정 대표의 프롬 프로덕션과는 달리 황태준의 뉴 아트 필름은 슬슬 위상이 높아지고 있었다.

광 감독과 지혜른의 활약으로 이미 주목받는 영화 제작사로서 자리매김을 했지만, 최근에는 영화 배급 사업에 뛰어들면서 회사가 빠르게 성장하고 있었다.

특히 20세기 폭시사의 영화 배급을 독점하게 되면서 회사의 성장세는 눈부셨다.

선두 주자에 해당되는 기업들이 후발 주자의 진입을 공고하게 수비하고 있는 분야이기 때문에, 유명 배급사의 영화를 독점 배급할 수 있다는 것만으로도 엄청난 경쟁력을 가질 수 있었다.

물론 이 과정에서 정호의 도움이 무엇보다 컸다.

1년 전, 토비 워커가 지금까지의 활약으로 승진하며 20세기 폭시사의 아시아영화배급팀을 맡게 되었고 정호에게 한국의 괜찮은 배급사 추천을 요청한 바가 있었다.

"현재 한국 쪽 배급사가 수차례 전략을 핑계로 여러 영화의 원활한 배급을 막고 있어 걱정이 많습니다. 이번에 이 배급사와의 계약이 끝날 즈음이라 말씀드리는데, 혹시 오 이사님께서 알고 계시는 좋은 배급사가 있습니까?"

때마침 정호는 영화 배급 사업을 고려하고 있던 황태준이 떠올랐고 바로 황태준에게 이 사실을 알렸다.

"토비 워커라는 사람한테 전화를 걸어봐, 황 대표."

다행히 황태준의 영화 배급 사업 준비는 마무리 단계였다.

그래서 어렵지 않게 20세기 폭시사와 제대로 된 협상을 벌일 수 있었다.

토비 워커 또한 별다른 하자가 없다면 은인이라고 할 수 있는 정호의 요청을 웬만한 선에서는 들어줄 생각이었기 때문에 결과적으로 두 회사 사이에서는 만족할 만한 계약이 이뤄졌다.

계약을 마치고 한국으로 귀국한 날, 황태준이 가장 먼저 정호에게 달려왔다.

"아니, 여자 친구를 놔두고 나한테 오면 어떻게 해?"

정호가 장난스럽게 말했지만 황태준은 들리지도 않는 듯 다짜고짜 정호의 두 손을 꼭 잡고 감사의 말을 전했다.

"정말 감사합니다, 오 이사님. 덕분에 아주 좋은 계약을 성사시켰습니다."

두 손을 잡는 황태준의 태도에 무슨 일인가 싶어 정호는 살짝 당황하다가 황태준의 마음이 느껴져 장난기 어린 말투로 말했다.

"너 이러면 진짜 네 여자 친구가 질투한다?"

그제야 서둘러 손을 놓는 황태준이었다.

◇ ◆ ◇

예중태의 빠른 성장세도 주목할 만했다.

주요 일간지의 특종 기자로서 꾸준히 이름을 알려오던 예중태가 드디어 자신의 이름을 딴 시사 프로그램을 맡게 된 것이었다.

정호의 영향으로 지금까지 주로 연예부 기자로 활동하던 예중태였다.

하지만 연예부 기자 활동만으로는 한계가 있을 거라고 판단한 정호가 분야의 확대를 추천했고, 예중태는 정호의 추천을 받아들여 정치, 경제 분야의 기자로서 활약하기 시작했다.

예중태의 활약은 정호가 내심 놀랄 정도였다.

이전의 시간에서도 예중태는 분야를 옮겨 다방면의 특종 기자로 활약했기 때문에 충분히 예상 가능한 결과였지만, 그럼에도 불구하고 이 정도로 엄청난 활약을 보여줄 거란 생각은 쉽게 할 수 없었다.

그리고 정호의 도움을 받은 덕분에 예중태는 이전의 시간보다 더 대단한 기자가 되어 가고 있었다.

"요즘 이상한 소문이 들리더군요. 내일과 카라오가 합병을 할 것 같다던데……."

"혹시 그 얘기 들으셨습니까? 단말기의 유통을 개선하는 법안이 나온다고 하는 거 같더라고요……."

"그 회사 이름이 뭐더라…… 비메프였던가요? 거기가 아주 직원을 개떡같이 안다고 합니다……."

정호의 정보가 모두 유용했던 것은 아니었다.

정호는 기자가 아니었기 때문에, 이전 시간에서의 정보를 세세한 부분까지 기억하지 못했기 때문이었다.

또한 정보라는 것이 우선적으로 확보된다고 해서 무조건 기사화될 수 있는 게 아니었다.

기사가 성립되려면 적절한 시기, 객관적인 자료, 정보의 파급력 등이 고려되어야 했다.

하지만 이런 부분에서 정호는 전혀 문외한이었다.

그럼에도 불구하고 예중태는 정호의 정보를 적절히 활용했다.

큰 틀에서는 정호의 정보가 절대로 틀리지 않는다는 점을 깨달은 예중태가 이 정보들을 적절히 활용한 것이었다.

결국 정호의 기억과 예중태의 능력이 만나 시너지 효과가 나타나면서 양질의 기사들이 쏟아졌다.

그 결과 예중태는 제2의 손성환이라는 별명과 함께 자신의 이름을 딴 시사 프로그램의 진행자가 될 수 있었다.

시사 프로그램 〈예중태의 날카로운 일주일〉의 진행자로 확정된 날 예중태가 전화를 걸어왔다.

"이 모든 건 예언가 오 이사님 덕분입니다."

예중태는 정호를 '예언가'라는 별명으로 부르고 있었다.

예중태로서는 자신보다 먼저 고급 정보를 확보하는 정호의 능력에 의문을 가질 수밖에 없었는데, 출처를 물을 때마다 정호가 얼버무리니 어느 날부터 정호를 이렇게 지칭하기 시작했다.

정보의 출처를 알려주지 않는 정호에 대한 서운함이 담겨 있는, 언론인 특유의 다소 빈정거리는 듯한 말투로 말이다.

그럼에도 정호는 이 부분에 대해서 아무 말도 하지 않았다.

대신 이렇게 대꾸했다.

"예언가 덕분이라니요. 이건 모두 예언을 현실로 만드는 천재가 스스로 해낸 일일 뿐입니다."

정호 주변의 많은 사람들이 발전을 거듭하는 동안 정호도 놀고만 있지는 않았다.

정호는 하기진과 함께 홍대 예술 마을의 발전을 위해 부지런히 뛰어다녔다.

공사가 완료될 때까지는 많은 시간이 필요했지만 공사가 진행 중인 시점이라고 해서 할 일이 없는 것은 아니었다.

수많은 문제가 정호와 하기진 앞에 산적해 있었다.

그중에서도 해결이 시급했던 문제는 예술 마을에 살아갈 사람을 모으는 일이었다.

다행히 정호와 하기진에게는 이 부분을 해결해줄 적임자가 넷이나 있었다.

바로 블루 도넛의 멤버들이었다.

블루 도넛 멤버들은 홍대에서 오랜 생활을 하며 많은 예술가들과 교류를 하고 있었다.

특히 보컬 권채아는 홍대가 아니면 홍대 주변에서 평생을 살았기 때문에 발이 굉장히 넓은 편이었다.

그래서 어느 날, 블루 도넛 멤버들이 이사실로 호출됐고 정호의 설명을 듣더니 늘 터프한 권채아가 씩씩하게 대답했다.

"뭐, 어렵지 않은 일이네요. 마음만 먹으면 당장 오백 명도 모을 수 있겠어요."

권채아의 말에 정호가 고개를 저었다.

"오백 명보다 많아야 해. 여기저기에 더 데려올 예정이지만 그보다 많은 인원을 수용할 수 있거든."

생각보다 대단한 규모에 드러머 감동우가 놀라서 소리쳤다.

"와우!"

"또 그냥 예술을 하는 사람이라고 다 받아주진 않을 거야. 나름의 기준이 있지."

늘 신중한 태도를 고수하는 기타리스트 천중완이 물었다.

201

"어떤 기준인가요?"

정호가 지체 없이 대답했다.

"병들지 않은 사람."

"예?"

"병들어서 예술을 하는 사람이 아닌 병든 사람을 위로해 주기 위해서 예술을 하는 사람. 그게 바로 이 예술 마을의 최소 기준이야."

정호의 말을 듣고 뭔가를 깨달은 사람처럼 베이시스트 안소찬이 감탄사를 내뱉었다.

"아…… 역시……."

정호의 최소 조건에 부합하는 사람들이 하나둘 모였다.

그리고 반 년 후, 공사가 완공되어 홍대 예술 마을이 개방되는 날이 찾아왔다.

홍대 예술 마을 기획한 정호를 비롯한 하기진과 한유현이 한자리에 모였다.

뿐만 아니라 블루 도넛 멤버들과 홍대 예술 마을의 입주민들도 자리를 함께했다.

권채아가 진행자처럼 나서서 우렁찬 소리로 외쳤다.

그 모습이 마치 예전 주택복권의 당첨 번호를 공개하는 것과 비슷한 느낌이었다.

"자, 이제 공개합니다! 하나, 둘, 셋!"

그렇게 마침내 반 년 간 기다려온 결과물이 모습을 드러냈다.

　완벽한 구색을 갖춘 '홍대 예술 마을' 이었다.

18장. 홍보를 위하여

　권채아가 사회자처럼 나섰던 입주식은 공식적인 행사가
아니었다.

　그날을 기점으로 모든 기존 골격부터 인테리어 시공까지
모든 공사가 끝났기 때문에 홍대 예술 마을의 기획자들과
입주민들이 모여 간단한 축하 파티를 벌인 것에 불과했다.

　그래도 그날은 모두가 즐거웠다.

　작은 파티이긴 하지만 각자의 분야와 주제를 살려서 떠
들썩하면서도 운치가 있는 분위기로 파티가 진행됐다.

　특히 홍대 예술 마을의 가장 큰 부자인 한유현이 흥에 넘
쳐서 아낌없이 파티를 지원함으로써 파티는 한층 더 즐거
워졌다.

한유현의 작업실을 중심으로 토지 및 건물을 구입했기 때문에, 한유현은 자연스럽게 홍대 예술 마을의 촌장 호칭을 갖게 된 상태였다.

어떤 일에 나서는 성격은 아니었지만 많은 예술가들과 교류할 수 있는 기회를 마다할 이유는 굳이 없었다.

또한 정호의 일에 보탬이 된다는 점도 한유현으로 하여금 촌장의 자리를 받아들이게 했다.

그렇게 즐거운 파티가 밤새 이어졌다.

아는 얼굴도 있고 모르는 얼굴도 있던 그곳에서 해가 지고 다시 해가 뜰 때까지 모두가 서로 아는 얼굴이 되어 가고 있었다.

하지만 이건 비공식적인 행사일 뿐이었다.

공식적이면서도 본격적인 행사는 3일에 걸친 대장정으로 펼쳐질 예정이었다.

그리고 이 행사는 기획자와 입주민을 대상으로 하는 행사가 아니었다.

홍대 예술 마을을 찾는 사람을 대상으로 한 행사였다.

처음 아이디어를 제안한 사람은 정호였다.

"이곳에 기존과는 다른 의미의 상권이 형성되었다는 걸 사람들에게 알리고 싶습니다. 방법이 없을까요?"

정호의 말에 하기진은 금세 답을 내놓았다.

"뭔가를 알리는 데 행사만큼 즉효약이 되는 것도 없지요."

물론 정호와 하기진이 준비한 행사는 평범한 행사가 아니었다.

행사가 어떻게 꾸려질지 전해 들은 한유현이 놀라서 되물었다.

"네? 그렇게 해도 되는 건가요?"

정호와 하기진이 준비한 행사는 '홍대 예술 마을의 밤'이었다.

소정의 입장료만 지불하면 일대에 형성된 상권을 전부 무료로 체험할 수 있는 엄청나게 파격적인 행사였다.

한유현이 놀란 것은 이 행사의 파격성 때문이었다.

"그렇게 해서 남는 게 있을지……. 다들 가난한 예술가들인데……."

한유현의 걱정이 무엇인지 파악하고 정호가 대답했다.

"돈은 남지 않겠죠. 대신…… 이름이 남을 겁니다."

정호의 말에 하기진이 고개를 끄덕이며 부연 설명을 했다.

"이곳은 기본적으로 유동 인구가 적은 곳입니다. 그리고 이전까지만 해도 홍대의 다른 지역에 비하면 상권이 발달되지 않은 곳이었죠. 그렇기 때문에 홍대 예술 마을이 어느 정도 유명세를 갖추고 예술가들의 문화 공간이 되려면 많은 시간이 필요합니다. 알음알음 입소문이 퍼지려면 한참을 기다려야 할 테니까요. 하지만 이 행사라면 그 시간을 단축시키고 홍대 예술 마을을 홍대의 명물 중 하나로 탈바

꿈시킬 수 있을 겁니다."

하지만 한유현은 뭔가 의문이 풀리지 않는 모양이었다.

한유현이 머뭇거리다가 말했다.

"저는 오 이사님이 그저 예술가들에게 생활공간과 작업 공간을 주시려는 줄 알았어요……. 반지하층과 1층, 2층에 마련된 가게들이나 공연장은 모두 예술가들이 최소한의 생활비를 벌게 하려는 장치인 줄 알았고요……."

정호가 대답했다.

"맞습니다. 그런 이유였죠. 하지만 저는 거기서 그칠 생각이 없습니다. 이쯤에서 한 가지 물어보죠. 예술을 하는 사람은 어째서 가난한 겁니까?"

한유현은 뭔가를 생각하는 듯하더니 결국 대답하지 못했다.

"그건…… 모르겠습니다."

"어렵지 않습니다. 간단해요. 예술이 상업적으로 가치가 없기 때문입니다. 저는 예술을 상업적 가치가 있는 분야로 최대한 탈바꿈시킬 겁니다. 그리고 동시에 '예술을 하는 사람은 가난하다.' 라는 명제를 깨부술 생각입니다."

이렇게 설명했음에도 불구하고 한유현은 여전히 혼란스러운 듯했다.

"하지만 상업 때문에 예술가들은 홍대에서 내몰린 것 아닙니까?"

이 부분에 대해서는 하기진이 설명했다.

"예술가들이 내몰린 건 홍대가 부자 동네가 돼서가 아닙니다."

"그럼요?"

"예술가들이 홍대의 주인이 아니었기 때문이었죠."

하기진의 말을 정호가 받았다.

"맞아요. 우리는 홍대 예술 마을의 밤으로 예술가들이 홍대의 주인임을 널리 알릴 생각입니다."

◇ ◆ ◇

홍대 예술 마을의 가게들이 하나둘 문을 열기 시작했다.

예상대로 찾아오는 사람들은 적었다.

레스토랑, 카페, 주점들이 모두 파리만 날렸다.

간혹 주변에 사는 사람들이나 길을 잘못 든 손님들이 홍대 예술 마을을 찾았지만 많은 숫자는 아니었다.

그나마 다행인 점은 홍대 예술 마을을 찾은 사람들의 반응이 좋다는 것이었다.

"뭐야, 이런 곳이 있었어?"

"오! 분위기 괜찮은데?"

"잘 꾸며놨다! 나 여기 좋아!"

하지만 하기진의 말대로 이곳을 찾는 사람들의 숫자가 워낙 적어서 입소문이 날 때까지는 한참 걸릴 것으로 보였다.

하기진과 함께 홍대 예술 마을을 둘러보던 정호가 말했다.

"확실히 찾아오는 사람들이 적군요."

하기진이 긍정했다.

"아무래도 그렇습니다. 그래도 그저께에는 사람들이 좀 왔어요."

"그래요?"

"네. 크라잉 벨벳의 공연이 있었거든요."

크라잉 벨벳은 홍대에서 꽤 이름이 알려진 인디밴드였다.

가끔 방송 출연을 할 정도로 어느 정도 유명세를 떨치고 있었다.

그런 까닭에 크라잉 벨벳은 딱히 홍대 예술 마을에 입주할 필요가 없을 정도의 수익을 벌어들이고 있었지만, 홍보와 상징성을 위해서 홍대 예술 마을에 데려온 케이스였다.

홍대 예술 마을의 설립 취지가 워낙 좋았기 때문에 청월과의 계약을 조건으로 크라잉 벨벳은 흔쾌히 홍대 예술 마을에 합류했다.

"크라잉 벨벳의 공연이 있었다면 사람들이 꽤 몰렸겠군요. 오랜만에 마을 사람들이 실력 발휘를 좀 했겠어요."

홍대 예술 마을에 입주만 한 사람들은 상관이 없었지만 입주하여 대여식으로 각종 가게 운영을 맡게 된 사람들은 업종에 맞춰서 미리 각종 수업을 이수한 상태였다.

물론 각종 레스토랑의 경우에는 경력이 오래된 주방장을 외부에서 고용하여 운영했다.

반 년 간의 수업만으로는 높은 수준의 음식 맛을 내는 것이 불가능했기 때문이었다.

하지만 그 외의 가게들은 반 년 간의 수업이면 충분히 운영이 가능했다.

정호의 말을 하기진이 웃으며 받았다.

"그날은 다들 의욕적이었죠. 마을 주민들이 가게의 수익 지분을 받은 상태이다 보니 의욕적일 수밖에 없었습니다."

가게의 수익 지분을 할당받은 마을 주민들은 해당 가게의 주인이나 다름없었다.

직장인 평균의 기본급이 보장된 상태에서 가게의 총 수익이 증가할수록 마을 주민들에게 추가 수익이 돌아가는 구조였다.

물론 수익의 일부는 정호에게도 돌아올 예정이었다.

많은 양은 아니었다.

이 마을의 기획자이자 이 마을의 일원이라는 느낌을 줄 수 있는, 딱 그 정도의 수준으로 하기진이 비율을 조정했다.

"단순히 수익 지분 때문에 활기차게 노력하고 행동하는 것은 아닐 겁니다. 마을 주민들은 벌써 스스로가 이곳의 주인이라는 걸 늘 깨달으며 움직이고 있어요."

"물론이지요."

정호는 돌아가는 구조를 다시 한 번 가늠하듯 주위를 둘러봤다.

"더 활기차졌으면 좋겠군요. 홍대 예술 마을의 밤이 기다려집니다."

◇ ◆ ◇

준비는 순조롭게 진행되고 있었다.

마을 주민들은 수업으로만 배웠던 장사를 실제로 해 보면서 많은 것을 배우고 있었고, 또한 공동 작업실을 개인이나 팀별로 배정받아 본격적으로 창작 활동을 해 나갔으며, 각자의 숙소를 자신의 집으로 느끼기 시작했다.

이게 정호의 생각한 첫 번째 준비 과정이었다.

행사와 함께 성대하게 홍대 예술 마을을 공개하지 않은 것도 이렇게 마을 주민들에게 각자의 위치와 생활 패턴을 익히게 하기 위함이었다.

마을 주민들은 스스로 홍대 예술 마을의 밤을 준비하고 있었다.

홍보 역시 잘 이뤄지고 있었다.

당연한 얘기지만 준비한 프로그램이 있다고 해서 행사가 이뤄지는 것은 아니었다.

적절한 홍보가 가미됐을 때야 비로소 제대로 된 행사가 가능해졌다.

홍보를 위한 다양한 방식이 고려됐다.

TV 및 라디오 광고, 신문 광고, 지하철 배너 광고, 전단지 광고 등의 모든 홍보 방식이 고려됐지만 전부 적절하지 못하다는 게 정호와 하기진의 생각이었다.

하기진이 묘수를 낸 것은 그렇게 모든 홍보 방식이 적절하지 못하다는 걸 깨닫고 고민을 하던 차였다.

"아……."

정호가 반응했다.

"뭡니까?"

"이사님, 이참에 TV에 나가는 거 어떻습니까?"

하기진의 묘수는 정호를 예중태의 시사 프로그램에 내보내는 것이었다.

예중태의 시사 프로그램에는 세계의 각종 영향력 있는 인사를 모셔와 대화를 나누는 코너가 있었다.

하기진은 정호를 홍대 예술 마을의 기획자로 이 코너에 내보낼 생각이었다.

하기진의 묘수를 듣고 정호가 펄쩍, 뛰었다.

"그게 말이 됩니까? 저는 싫습니다. 아니, 못합니다."

누구보다 방송 출연을 꺼려하는 정호다운 반응이었다.

하지만 하기진의 태도도 완강했다.

"그럼 누가 나갑니까?"

정호는 고민 끝에 답을 내놓았다.

"유현 씨가 좋겠습니다. 유명 작곡가가 홍대 예술 마을의 촌장이라는 게 알려지면 분명 큰 효과를 볼 수 있겠죠."

정호에겐 아쉽게도 이 제안은 한유현 쪽에서 거절했다.

"아이고, 오 이사님…… 사정 좀 봐주십시오……. 작곡을 하는 것도 모자라 마을 주민들을 데리고 홍대 예술 마을의 밤을 준비하는 것만으로도 벅찹니다……."

평소 정호의 부탁이라면 듣지도 않고 양말부터 벗고 갯벌에 들어갈 한유현이 이런 식으로 나오자 딱히 출연을 강요할 수도 없었다.

정호는 궁여지책으로 말을 꺼냈다.

"그럼 차라리 기진 씨가 낫지 않겠습니까? 이미 여러 차례 스타 컨설턴트로 방송을 탄 경험이 있잖아요."

"하지만 저보다 오 이사님이 더 파급력 큰 방송에 많이 나왔죠. 저는 겨우는 스쳐 지나가는 패널에 불과했고요."

"회만 예술 마을과 홍대 예술 마을을 모두 기획, 건립한 사람이라고 하면 주목받을 수 있지 않을까요?"

"그 두 건을 모두 저보다 먼저 기획, 건립한 사람이 오 이사님인데도요?"

정호가 결국 막다른 길에 몰렸다.

자신이 생각해도 예중태의 시사 프로그램에서 홍대 예술 마을과 행사를 홍보하는 게 추구하는 이미지에 가장 부합할 것 같았기 때문이었다.

정호는 한숨을 쉬며 마지막 제안을 했다.

"중태 씨한테 물어봅시다. 기진 씨와 저 중에서 누가 더 출연하는 게 나을지."

바쁜 와중에도 정호의 전화를 받은 예중태가 대답했다.

"그럼 오 이사님, 가장 빠른 날짜로 스케줄 잡겠습니다."

예중태는 당연하다는 듯 정호를 선택했다.

◇ ◆ ◇

방송 출연을 꺼려한다고 해서 정호가 방송에서 떠는 스타일은 아니었다.

무엇보다 정호를 잘 알고 있는 예중태가 방송을 잘 리드했다.

정호 또한 방송가에서 오래 활동한 만큼 어렵지 않게 시사 프로그램에서 홍대 예술 마을과 행사를 홍보했다.

며칠 후, 해당 촬영분이 방송을 탔다.

모니터링 결과는 만족스러웠다.

온라인상의 반응도 꽤 뜨거웠고 예중태의 라인을 이용하여 뿌려진 후속 기사도 사람들의 시선을 끌었다.

그렇게 정호가 고개를 끄덕이며 만족하고 있을 때 메시지 하나가 도착했다.

'응? 뭐지?'

하수아가 보낸 메시지였다.

정호는 메시지를 열어봤다.

[우리 멋쟁이 이사님의 방송 출연! 오랜만에 모인 밀키웨이 멤버들 전원이 이사님 덕분에 웃었습니다ㅎㅎㅎ]

그리고 이런 메시지 밑에는 입만 웃고 있는 정호가 흰자 위만 보인 채 눈을 반쯤 감고 있는 사진이 같이 올라와 있었다.

순간적으로 캡처하여 찍은 정호의 굴욕 사진이었다.

19장. 몰려든 인파

밀키웨이 멤버들에게는 굴욕 사진을 안겨주긴 했지만 정호의 방송은 성공적이었다.

예중태의 시사 프로그램은 시청률은 낮아도 언론의 파급력이 굉장히 컸기 때문에 많은 언론사들이 앞다투어 홍대 예술 마을에 대한 기사를 쏟아냈다.

이건 고스란히 온라인상의 뜨거운 반응으로 돌아왔다.

[응? 오정호? 저 사람 홍캐리 신화 아님?]

[홍캐리?ㅋㅋㅋㅋ 현웃 바로 터졌다ㅋㅋㅋㅋㅋ 조상님 인터넷은 할 줄 아세요?ㅋㅋㅋㅋ]

[스타 매니저 오정호가 결국 초고속 승진으로 이사가 됐구나……. 역시 잘나가는 사람은 잘나가게 돼 있는 건가…….]

[내가 아는 사람한테 건너 건너 들은 건데 오정호라는 사람은 정말 미쳤더라……. 강여운부터 타이탄, 지해른, 블루도넛, 정문복, 아웃라이더, 차수준, 조준환, 백민후, 그리고 밀키웨이까지 진짜 청월의 핵심 멤버들을 다 키워냈더라…….]

[ㄴ정말 그 정도라고? 그냥 혼자 회사 먹여 살린 수준?]

[정호짱……. 우리 밀키웨이의 아버지ㅎㅎㅎ]

[와…… 윗분 말이 맞네요……. 진짜 잘나가는 사람은 잘나가게 돼 있나 봐요ㄷㄷㄷ]

[근데 홍대 예술 마을은 뭔가요? 이사 됐다고 땅 투기 하는 거?]

[투기 아니고 홍대 젠트리피케이션에 대항한 문화왕의 대비책이랍니다ㅇㅇ]

[문화왕 뭐냐?ㅋㅋㅋㅋㅋㅋㅋㅋㅋㅋ 옛날 문화대통령 같은 거냐?ㅋㅋㅋㅋㅋㅋㅋㅋ]

[아ㅋㅋㅋㅋ 아 여기 무슨 수질 관리 이따구냐ㅋㅋㅋㅋ 몇 년도 사람들이 모인 거야ㅋㅋㅋㅋ]

[사랑해요! 신유나! 사랑해요! 유미지!]

[ㄴ알아듣는 너도 어리지는 않은 듯?ㅋㅋㅋㅋ]

[팩트 폭력 쩔어ㅋㅋㅋㅋ]

[근데 진짜 문화왕 맞는 듯ㅋㅋㅋㅋ 무슨 회만 록 페스티벌도 그 사람이 만들어다던데?ㅋㅋㅋ]

[레알?ㅋㅋㅋ 무슨 문화 전도사냐?ㅋㅋㅋㅋ]

[문화 전도사라니ㅋㅋㅋㅋㅋ 문화왕이니깐 문화 정복자라고 해야지요ㅋㅋㅋㅋ]

[어? 근데 홍대 예술 마을은 홈페이지도 있네?]

[나도 봤음ㅋㅋ 엄청 깔끔하게 해놨음ㅋㅋㅋ]

[사랑해요! 오서연! 사랑해요! 하수아!]

[저번 주에 친구랑 길 잃어서 가봤는데 엄청 좋더라고요ㅋㅋㅋㅋ 다른 분들도 홍대 예술 마을 꼭 가보세요ㅋㅋㅋㅋ]

[홍대에서 길을 잃는 사람의 추천은 믿을 수가 없다……]

[ㅋㅋㅋㅋㅋ팩트 폭력 그만하라고ㅋㅋㅋㅋㅋ]

[몇몇 블로거들이 올린 사진 봤는데 진짜 좋아 보임ㅇㅇ]

[그래? 어차피 홍대 갈 거 재미 삼아 한번 가볼까?ㅋㅋㅋ ㅋㅋㅋ]

[ㅋㅋㅋ나는 홍대 예술 마을의 밤? 거기 맞춰서 가봐야겠다ㅋㅋㅋㅋ]

[확실히 가 보려면 그때 가보는 게 꿀인 듯ㅋㅋㅋㅋ]

홍대 예술 마을에 대한 반응은 대체로 긍정적이었다.

정호가 키웠다고 언급된 연예인들이 전부 좋은 이미지를 갖고 있다 보니 자연스럽게 파생된 결과였다.

뿐만 아니라 의외의 곳에서 좋은 반응을 얻고 있었다.

정호가 생각했다.

'문화왕이라니…… 점쟁이 문어에 이어서 또 이상한

별명이 추가됐군…….'

그렇게 생각에 빠져 있는데 밀키웨이 멤버들에게 메시지가 도착했다.

[하수아 : 문화왕이래ㅋㅋㅋㅋㅋㅋㅋㅋ 이사님, 옥새는 어디다 두셨나요?ㅋㅋㅋㅋ]

[유미지 : 수아야, 이사님을 놀리면 어떻게 해ㅠㅠ 왕이라니, 어감부터가 참 좋지 않니?ㅠㅠ]

[신유나 : 문화왕을 노리는 지능적 안티…… 미지 언니…….]

[오서연 : ㅋㅋㅋ문화왕, 풍악을 울려라! 오늘은 원샷이다!ㅋㅋㅋㅋ]

특히 하수아와 오서연은 프로필 사진을 정호의 시사 프로그램 굴욕 사진으로 해둔 상태였다.

'애들이 장난도 참…….'

이렇게 생각하는 동안 자신도 모르게 정호는 손에 쥔 스마트폰에 꼭 힘을 주고 있었다.

당장이라도 스마트폰을 으스러뜨릴 기세였다.

남몰래 정호가 밀키웨이 멤버들에 대한 복수를 불태우고 있는 사이에도 홍대 예술 마을의 유명세는 빠르게 높아지고 있었다.

그리고 마침내 오랜 기간을 거쳐 준비한 홍대 예술 마을의 밤이 개최됐다.

첫날부터 엄청난 인파가 몰렸다.

홍대 예술 마을부터 2호선 홍대입구역까지 길게 줄이 늘어설 정도의 인파였다.

행사의 총 진행을 위해 나선 하기진의 옆에서 정호가 입을 열었다.

"이거 큰일인데요?"

하기진이 대꾸했다.

"윤 대표님의 제안은 잘 거절하셨습니다. 그 제안을 받아들였으면 저흰 전부 죽은 목숨이나 다름없었을 거예요."

◇ ◆ ◇

홍대 예술 마을의 밤 개최 일주일 전, 정호는 윤 대표로부터 전화를 받았다.

"오 이사, 그냥 괜찮겠나? 이제라도 내가 저번에 말한 대로 애들을 좀 데려다 쓰는 게 낫지 않겠어?"

정호는 이번 행사를 홍대 예술 마을의 입주민만으로 꾸밀 생각이었다.

물론 레스토랑의 주방장 등 없어서는 안 될 인력들의 도움은 받겠지만, 다른 부분에서는 최대한 도움을 받지 않을 예정이었다.

홍대의 주인이 예술가들이라는 사실을 확실히 알려야 하는 최초의 자리였기 때문이었다.

하지만 윤 대표는 혹시나 하는 마음에 정호를 돕고 싶어 했다.

어떤 프로젝트도 실패의 가능성이 완벽히 0%인 경우는 없었다.

그랬기 때문에 윤 대표는 정호가 사용할 수 있는 모든 카드는 다 쓰기를 바랐고, 다소 무리를 하더라도 청월의 연예인을 일부 대동하는 게 어떠냐고 제안한 것이었다.

윤 대표가 정호를 무척이나 아낀다는 걸 어렵지 않게 알 수 있는 대목이었다.

정호가 대답했다.

"저는 괜찮습니다. 그렇게 했는데도 자칫 이 프로젝트가 실패를 한다면 청월로서 큰 타격이 될 거예요. 지금까지 자금을 유통해 주신 것만으로도 큰 도움이 되었습니다. 그걸로 충분해요."

하기진의 능력이 엄청나긴 하지만 그렇다고 해서 천문학적인 액수를 모두 끌어올 수 있었던 것은 아니었다.

특히 토지를 매입하고 공사를 마무리하는 단계에서 예상치 못한 지출이 계속해서 생겨났다.

그만큼 노후된 건물이 많았기 때문이었다.

결국 당초 생각보다 큰 자금이 필요해졌고 정호는 어쩔

수 없이 청월의 도움을 받았다.

윤 대표는 정호가 어떤 취지로 홍대 예술 마을을 추진하고 있는지 전해 듣고 대답했다.

"흠…… 성공만 한다면 굉장히 메리트가 있는 프로젝트군. 좋아…… 이미 회만 건을 함께한 바가 있는데 이까짓 일 하나 도와주지 못하겠나? 오히려 섭섭하군. 애초에 나에게 도움을 요청했다면 좋았을 텐데 말이야……."

정호도 청월의 도움을 받고 싶었지만 도저히 그럴 수가 없었다.

이건 이전의 시간에서 누구도 시도하지 않은 프로젝트이었고 실패 확률이 너무나도 높았다.

그런 까닭에 정호는 웬만하면 이 프로젝트에 청월을 끌어들이고 싶지 않았다.

만약 끌어들인다 하더라고 프로젝트가 충분히 성공하리라는 확신이 섰을 때 그렇게 하고 싶었다.

"죄송합니다. 지금까지 확신이 없었어요."

윤 대표가 눈을 빛내며 물었다.

"이제는 확신이 생긴 건가?"

정호가 느릿느릿하게 고개를 끄덕이며 대답했다.

"약간은요. 하지만 자금까지만입니다. 더 이상 도움을 주신다면 청월이 위험해질 수도 있어요."

◇ ◆ ◇

　이번 일에 청월이 깊숙이 개입됐다는 걸 밝힐지, 말지는 이 행사의 성공 여부로 가늠할 생각이었다.

　이 행사가 성공한다면 홍대 예술 마을이 청월과 엄청난 연관성이 있다고 홍보할 예정이었다.

　실제로 정호와 한유현은 청월의 사람이었고 블루 도넛을 비롯한 홍대 예술 마을에 입주한 많은 예술가들이 청월과 정식 계약을 체결한 상태였다.

　그러나 만약 이 행사가 실패한다면 이건 청월이 아닌 정호의 개인행동으로 포장될 예정이었다.

　홍대 예술 마을이라는 프로젝트 자체가 정호의 개인행동으로 시작됐기 때문에 전혀 문제가 될 것 없는 일이었다.

　물론 이런 생각은 이제 아무런 의미가 없어졌다.

　오히려 인파가 더 몰릴 것을 걱정해서 청월과의 연관성을 밝히거나 청월의 연예인들을 부를 수 없는 상황이었다.

　하기진이 휴, 하고 한숨을 쉬며 말했다.

　"도무지 예상하지 못한 숫자군요……. 이렇게까지 예상을 벗어날 거라고는 생각하지 못했습니다……."

　하기진조차도 많이 놀란 모양이었다.

　그러더니 덧붙여 말했다.

　"오 이사님과 함께하면 언제나 이렇게 제 예상을 벗어나는 일이 벌어지는군요……."

괜스레 미안한 마음이 드는 말이었다.

정호가 애써 웃어 보이며 말을 돌렸다.

"청월 측에 인력 요청을 하겠습니다. 저 많은 인원을 통제하려면 적지 않은 손이 필요할 테니까요."

"좋은 생각이십니다."

정호는 고개를 끄덕여 보인 뒤 바로 윤 대표에게 전화를 걸었다.

전화를 받은 윤 대표가 기다렸다는 듯이 말했다.

"그것 보게, 진즉에 도움을 요청하라고 하지 않았나? 누굴 보내줄까? 문복이? 아웃라이더? 타이탄? 아니면 밀키웨이? 그래…… 밀키웨이가 좋겠군……. 밀키웨이 멤버들은 오 이사의 말 한마디면 당장 홍대로 달려갈 테니 분명 나쁘지 않은 선택일 거야. 사람이 너무 많이 몰리기는 하겠지만 말일세, 하하하."

정호가 대꾸했다.

"아아, 제가 필요한 인원은 다른 인원입니다. 이미 사람이 너무 많이 몰렸거든요."

"뭐?"

"사람이 너무 많이 몰렸다고요. 그러니 당장 현장에 배치해서 행사 통제를 할 수 있을 만한 인원을 보내 주시면 감사하겠습니다. 또…… 마포구 쪽에 전화를 넣어서 이쪽 사정 좀 봐달라고 부탁 좀 해주세요. 대표님, 마포구청장님이랑 잘 아시는 사이잖아요."

윤 대표가 뒤늦게 정호의 말을 알아듣고 대답했다.

"어…… 어, 뭐 조금 아는 사이지."

"네네, 그럼 부탁드리겠습니다."

"그…… 그래, 알겠네."

전화를 끊고도 어안이 벙벙해진 윤 대표는 뭔가에 홀린 듯 컴퓨터를 켜고 홍대 예술 마을이라는 키워드를 입력했다.

그러자 나열되는 엄청난 양의 기사들…….

윤 대표가 중얼거렸다.

"오 이사는 정말…… 대단하군……."

정호가 옆에서 전화를 하고 있을 때 하기진은 몰려든 사람들의 면모를 살폈다.

뭔가가 이상했다.

예중태의 시사 프로그램을 통해 홍보가 잘되긴 했지만 그래도 그건 시사 프로그램이었다.

이 정도 숫자의 젊은 사람들이 모인다는 게 조금은 이상했다.

무엇보다도 예중태의 시사 프로그램을 본 적이 없을 외국인들의 모습도 어렵지 않게 발견할 수 있었다.

흡사 이태원의 축제를 목격하는 기분이 드는 것처럼.

그러던 중 하기진의 머릿속에 한 가지 시나리오가 스쳐 지나갔다.

'설마……'

하기진은 빠르게 스마트폰을 꺼내 홍대 예술 마을이라는 키워드를 각종 SNS에 검색했다.

그러고는 허허허, 하고 헛웃음을 흘렸다.

그때 전화를 끊은 정호가 하기진에게 다가왔다.

"왜 그러십니까, 기진 씨?"

하기진은 말없이 스마트폰을 정호에게 건넸다.

그리고 그곳엔 이렇게 많은 인파가 몰려든 이유가 담겨 있었다.

3일 전부터 유미지, 하수아, 신유나, 오서연의 SNS 계정에는 모두 같은 게시물이 올라온 상태였다.

떡하니 업로드된 정호의 굴욕 사진 밑에는 '#홍대예술마을 #홍대예술마을의밤 #오이사님 #시사프로그램 #역대급 #존못' 이라는 해시 태그가 달려 있었다.

매니지먼트 제왕

20장. 다짜고짜 큰 건?

정호가 윤 대표로부터 인력 파견을 요청한 게 홍대 예술 마을의 밤 오픈 두 시간 전의 일이었다.

그래서 인력들은 무사히 오픈 전에 도착할 수 있었고 간단하게 상황 또한 전달받을 수 있었다.

파견된 인력들이 모두 행사의 전문가들이라고 할 수 있는 사람들이었기 때문에, 세부적인 사항은 정호가 미리 고용한 인력들에게 행사가 진행되는 과정에서 배워도 충분했다.

"홍대 예술 마을의 밤에 참여할 수 있는 인원은 1만 명입니다. 한글로 번호가 적힌 팔찌를 입장하는 손님들의 손목에 착용시키고, 입장하지 못하는 손님들에게는 3일간 진행되는 행사이니 다음에 다시 와달라고 완곡하게 부탁하세요."

하기진이 이곳저곳 돌아다니면서 동원된 인력들에게 현재 상황 및 대처 요령에 대해서 열심히 전파했다.

하기진도 회만 록 페스티벌을 기획하고 정착시킨 행사의 전문가 중의 전문가였다.

그렇게 인원들이 하나둘 입장을 하기 시작했고, 윤 대표의 입김이 작용했는지 뒤늦게 도착한 마포구청 사람들이 주변의 혼잡한 상황을 정리됐다.

워낙 놀거리가 많은 홍대이다 보니 사람들이 미련 없이 발걸음을 돌린 게 좋은 쪽으로 작용했다.

하기진과 마찬가지로 주변을 뛰어다니며 인원을 통제한 정호가 안도의 한숨을 내쉬었다.

"기껏해야 홍대 클럽 정도의 인원이 모일 줄 알았는데…… 그래도 어느 정도 정리가 돼서 다행이다……."

놀랄 만한 일은 이뿐만이 아니었다.

홍대 예술 마을의 밤을 즐기기 위해 온 손님들 중에 정호를 알아보는 사람들이 꽤 된다는 것이었다.

정호로서는 전혀 예상치 못한 부분이었다.

"어? 저 사람 TV에 나온 사람 아니야?"

"문화왕이다, 문화왕!"

"문화왕! 사인 좀 해주세요!"

"사진도 좀 찍어 주시면 안 돼요?"

당황스러운 일이었다.

연예인보다 더 빛나는 매니저가 되지 않는다는 일종의

신념을 가진 정호였기 때문에 더더욱.

정호가 몇몇 사람들의 부탁을 들어주며 속으로 생각했다.

'뭐…… 이제는 늦었으려나…… 이사직에 오른 이상 그다지 상관없는 부분이기도 하고…….'

이사라면 예전처럼 발 벗고 나서서 신인을 키울 일이 없는 직위이긴 했다.

동시에 그런 일이 생긴다고 해도 자신의 직위와 명성을 최대한 이용해야 할 때였다.

그렇게 생각하면 사인을 해주던 그때, 기분 좋게 웃으며 사인을 받던 사람이 받아든 사인지를 확인하고는 인상을 찌푸렸다.

"저기요…… 문화왕님?"

"네, 왜요? 무슨 문제라도 있나요?"

"아니…… 사인이…… 정자로 이름을 쓰는 것밖에 없으시나요?"

정호의 사인은 정말 고딕체에 가까운 글씨로 또박또박 이름을 쓰는 게 다였다.

◇ ◆ ◇

어수선했던 분위기가 정리되자 정호는 밀키웨이 멤버들에게 전화를 걸었다.

하지만 마치 이런 일이 있을 거라는 걸 알았다는 듯 평소에는 재깍재깍 전화를 잘 받던 애들이 전화를 받지 않았다.

심지어 멤버들의 담당 매니저조차도.

정호는 밀키웨이 멤버들이 모두 있는 단체 카라오톡방에 카라오톡을 남겼다.

[오정호 : 이번 일 정리되면 다들 얼굴 좀 보자^^]

카라오톡 옆에 숫자는 줄어드는데 대답은 없었다.

그걸 보며 정호가 진지하게 밀키웨이 멤버들에게 어떤 복수를 할지 고민했다.

그때 정호의 옆으로 하기진이 다가왔다.

"바깥은 얼추 정리가 된 것 같군요…… 이제 안쪽을 확인하려고 하는데 같이 가시겠습니까?"

"그래야죠. 갑시다."

정호는 하기진과 함께 한창 홍대 예술 마을의 밤이 진행되고 있는 곳으로 이동했다.

홍대 예술 마을의 '밤'은 밤에만 하는 행사가 아니었다.

오후 두 시부터 새벽 네 시까지 진행되는, 굳이 따지자면 밤까지 하는 행사라고 할 수 있었다.

그리고 이제 오후 세 시가 조금 넘어가는 시간이었음에도 불구하고 입장 최대 인원을 가득 채운 홍대 예술 마을이었다.

하기진이 홍대 예술 마을의 내부를 살펴보며 말했다.

"그래도 안쪽 상황은 생각보다 낫군요."

정호가 말을 받았다.

"그렇네요. 번잡스러운 느낌은 아니에요."

두 사람의 감상대로 홍대 예술 마을의 밤은 순조롭게 진행되고 있었다.

거리를 거니는 사람만큼 카페, 레스토랑 등으로 들어간 사람들도 있다 보니 한창 때의 바깥 상황보다 나을 수밖에 없었다.

그때 촌장으로서 홍대 예술 마을의 내부를 통제하고 있는 한유현이 보였다.

한유현도 두 사람을 발견했는지 다가오며 말했다.

"사람들의 반응이 무척이나 좋습니다! 이대로만 간다면 행사는 대성공을 거두겠어요!"

다소 흥분한 듯한 정호가 빙그레, 웃으며 대답했다.

"이대로 가는 게 중요하겠지요. 유현 씨가 계속 수고해 주세요."

정호는 이렇게 말하며 주변을 둘러봤다.

홍대 예술 마을에 들어온 사람들은 한 사람도 빠짐없이 기쁨, 놀람, 설렘이 가득한 표정을 짓고 있었다.

큰 성공이 예감되는 모습이었다.

정호의 예감대로 홍대 예술 마을의 밤은 성공적으로 끝이 났다.

둘째 날부터는 마포구청에서 더욱 적극적으로 도움을 주면서 행사의 규모를 키울 수 있었다.

홍대 예술 마을만이 아닌 그 주변의 다른 가게들도 홍대 예술 마을의 밤에 합류시킨 것이었다.

덕분에 더 많은 사람들이 홍대 예술 마을의 밤을 즐길 수 있게 됐다.

자연스럽게 흥행력도 높아졌다.

행사가 끝나고 하기진이 온라인상의 반응을 조사한 뒤 말했다.

"반응이 좋군요. 금액 부분에서는 약간의 적자가 났지만 모든 SNS와 기사들이 홍대 예술 마을의 밤을 주목하고 있어요."

효과는 확실했다.

하루 동안 휴식을 가진 홍대 예술 마을의 가게들이 다시 문을 열자 적지 않은 인파가 모여들었다.

홍대 예술 마을의 밤을 개최하면서 얻은 적자를 단 며칠 만에 메우고도 남을 정도였다.

정호가 사람들의 반응을 보고 준비해온 카드를 꺼내들었다.

"다음 주부터 요일별 행사를 실시합니다. 프리마켓 페스티벌, 커피 시음 이벤트, 의류 파격 할인가 축제, 한식의 날, 중식의 날, 양식의 날, 일식의 날, 갤러리 반값 행사 등의 축제를 최대한 겹치게 않게 돌려주세요. 또 주말마다 각

뮤지션들의 테마별 공연도 순조롭게 기획해 주시고요. 물론 당초에 상의한 대로 한 달에 한 번씩 보통 때보다 더 큰 공연이 있을 예정입니다."

홍대 예술 마을은 매일이 축제였고 파티였다.

그리고 매일 이 축제와 파티를 유지하기 위해 예술가들은 더 많은 결과물을 만들어야 했다.

하지만 불만을 가진 사람은 없었다.

이곳에 모인 많은 예술가들이 봐주는 사람이 없어서 예술의 길을 포기할지 말지 진지하게 고민하던 사람들이었기 때문이었다.

이곳의 예술가들은 자신들의 작품과 결과물을 봐준다는 것만으로 커다란 동기를 부여받았다.

부담도 없었다.

자신이 하루쯤 쉬어도 수많은 예술가들이 자신을 대신하여 예술품을 쏟아낼 테니깐.

하지만 이런 의욕적인 분위기 속에서 하루 이상 연속해서 쉬며 나태하게 굴 사람은 없었고 예술가들은 선의의 경쟁을 펼치며 사람들에게 자신들만의 예술을 선보이고 있었다.

동시에 점차 홍대 예술 마을은 정호의 목표대로 홍대의 명물로 자리 잡았다.

예술가들은 그렇게 홍대를 되찾아가고 있었다.

◇ ◆ ◇

정호는 홍대 예술 마을 건에서 한 걸음 물러났다.

이제 정호가 할 일은 없었다.

관리할 사람이 부족한 느낌이 있어서 정호가 한동안 손을 떼기 어려웠지만 새로 사람을 들이면서 이 문제가 깔끔하게 해결됐다.

확실히 촌장이긴 하지만 작곡 작업도 계속해야 하는 한유현만으로는 홍대 예술 마을을 끌고 갈 수 없었다.

그래서 청월의 이름으로 관리직을 신규 채용하여 홍대 예술 마을을 관리하기로 했다.

물론 이들은 일종의 도우미에 불과했다.

홍대 예술 마을의 관리자이자 핵심 멤버는 촌장인 한유현과 부촌장인 크라잉 벨벳의 리더 구형서였다.

크라잉 벨벳의 리더 구형서는 홍대 예술 마을의 상징성을 위해 데려왔음에도 불구하고 홍대 예술 마을을 위해 적극적으로 활동했기 때문에 어렵지 않게 부촌장으로 추대될 수 있었다.

한유현이 정신적 지주라면 구형서는 행동 대장 같은 느낌이었다.

그렇게 인원이 충원됐고 일에 능숙해질 때까지 앞으로 얼마 동안 하기진이 이들을 계속 도울 예정이었다.

뿐만 아니라 홍대 예술 마을은 안정성까지 확보하여

예술가들의 안전지대의 역할을 톡톡히 하고 있었다.

홍대 예술 마을을 후원하는 기업이 청월이라는 사실이 밝혀지면서 자연스럽게 홍대 예술 마을은 다른 기업들의 타깃에서 한발 벗어날 수 있었다.

정호가 속으로 생각했다.

'이렇게 될 거라고는 생각했지만…… 확실히 하이에나 같은 느낌이군…….'

홍대 예술 마을의 성공을 뒤늦게 전해 듣고 다수의 기업들이 홍대 예술 마을을 노렸다.

워낙 이슈가 되다 보니 군침을 흘릴 수밖에 없었던 것이다.

하지만 청월과의 돈독한 관계성이 홍대 예술 마을을 어렵지 않게 지켜냈다.

이제 명실공히 청월은 웬만한 대기업에 비해도 손색이 없었기 때문이었다.

아직 청월이 완벽한 대기업이 된 것은 아니었다.

하지만 언론과의 긴밀한 유착 관계가 청월을 무시 못 할 기업으로 만들어주고 있었다.

대기업이 마음을 먹고 총력을 다한다면 청월은 결국 무너지겠지만, 굳이 홍대 예술 마을 하나를 얻기 위해 대기업이 총력을 다할 이유가 없었다.

객관적으로 그랬다.

한편으로는 아직 총력전으로 대기업을 이길 수 없다는

점이 정호를 조금 씁쓸하게 하긴 했다.

정호의 목표는 대기업 회장의 손자과 암흑가 일인자의 손자라는 타이틀을 양손에 쥐고 있는 한경수에 대한 복수였기 때문이었다.

'아직인가…….'

이런 생각이 절로 들었지만 정호는 애써 마음을 다잡았다.

'조금만…… 더 힘내자……. 실제로 조금만 더 힘을 모으면 대기업도 꺾을 수 있을 것이다……!'

물론 대기업을 꺾어도 암흑가라는 또 다른 힘이 남아 있었지만, 정호는 일단 제1의 목표를 청월을 대기업만큼 성장시키는 데 두고 있었다.

실제로 청월은 홍대 예술 마을의 건으로 더 높은 곳을 향해 힘차게 전진하고 있었다.

정호는 마음을 다잡았지만 막상 당장 할 일이 없었다.

큰 건을 해결했기 때문인지 더더욱 한가한 듯한 느낌을 받았다.

'음…… 기진 씨도 한동안 홍대 예술 마을을 돕느라 바쁠 테고 중태 씨도 시사 프로그램 때문에 여전히 바쁘니 다음 큰 건을 준비하는 것은 아무래도 무리가 있군…….'

한시도 쉴 줄 모르는 정호는 다음 건을 만들기 위해서 고민했다.

'정 대표님이나 태준이한테 전화를 걸어볼까? 드라마 제작사나 영화 제작사 쪽에 큰일이 하나 터질 것도 같은데…….'

이런 생각을 하던 정호는 고개를 저었다.

이럴 때일수록 내실을 다지는 데 심혈을 기울여야 한다는 생각이 들었기 때문이었다.

'인재개발팀을 좀 돕자……. 거기가 빨리 성장해줘야 다수의 신인을 산발적이면서도 체계적으로 개발할 수 있을 테니깐……. 아…… 이참에 밀키웨이 멤버들에게 복수도 좀 하고…….'

정호가 이런 생각을 하면서 인재개발팀의 팀장에게 전화를 걸려고 손을 뻗는데 전화벨이 갑자기 요란스럽게 울렸다.

예상치 못한 상황이었기 때문에 정호가 살짝 놀라며 전화를 받았다.

"네, 서 비서."

서 비서가 대답했다.

"프롬 프로덕션 정 대표님이 전화를 주셨습니다. 연결할까요?"

"정 대표님이요?"

"네."

"연결해 주세요."

정호가 전화를 끊었고 다시 전화벨이 울렸다.

"네, 전화받았습니다."

"오 이사! 같이 일 하나 해보지 않을래?"

다짜고짜 정 대표가 정호에게 큰 건을 던져주고 있었다.

21장. 신사의 품위

방금까지 내실을 다지기로 다짐한 정호였지만 그렇다고
해서 큰 건을 마다할 이유는 없었다.

어차피 인재개발팀은 정호의 도움 없이도 순조롭게 커
가고 있었다.

정호는 그저 그 속도를 앞당길 생각이었다.

정호가 생각을 정리하며 정 대표에게 대답했다.

"큰 건입니까? 정 대표님과 함께라면 뭐든 좋죠."

정 대표가 특유의 쾌활한 어투로 말했다.

"우리의 점쟁이 문어가 긍정적으로 말해주니 고마운데?
아니, 이제 문화왕이라고 불러야 하나?"

소문이 벌써 정 대표에게까지 퍼진 모양이었다.

원래가 소문과 유행에 민감한 사람이니 어찌 보면 당연한 일이었지만 괜스레 민망해지는 건 어쩔 수 없었다.

"그런 소리 마세요. 가뜩이나 민망한데……."

"왜? 듣기 좋기만 하던데. 부럽다……. 나도 그런 별명을 들어보면 얼마나 좋을까……."

정 대표가 짓궂게 물고 늘어졌다.

정호가 발끈하듯 대꾸했다.

"밀키웨이 멤버들한테 부탁할까요? 정 대표님 별명 붙여서 SNS에 올리라고?"

"하하하. 됐다. 이 나이 먹고 무슨 별명이냐. 그나저나 내가 무슨 건 제의하려고 하는지 알고 있긴 한 거야?"

물론 알고 있었다.

드라마 제작사를 차린 정 대표의 일이나 영화 제작사를 차린 황태준의 일은 정호가 특별히 예의 주시를 하는 편이었다.

두 사람 다 정호가 무척이나 아끼는 사람들이었다.

하지만 정호는 모른 척했다.

"무슨 일인데요?"

"어쭈, 얘 봐라. 문화왕 됐다고 아주 제멋대로네? 너, 감 떨어진 거 아니야?"

"설마 그러겠습니까? 몰라도 알 수 있는 게 있죠."

"그게 뭔데?"

"정 대표님의 성공이요."

매니지먼트의 제왕 5

"허······."

정 대표가 어이없다는 듯 헛웃음을 흘릴 때 정호의 머리는 빠르게 굴러갔다.

최근 정 대표는 한 편의 드라마를 더 제작했다.

평가는 이전보다 확실했다.

공중파도 아닌 TvM에서 13%대의 시청률을 기록했으니 큰 흥행에 성공을 했다고 봐도 과언이 아니었다.

이 흥행 기록을 바탕으로 정 대표는 공중파 드라마의 제작권을 따냈다.

그리고 그렇게 따낸 드라마가 보통이 아니었다.

'채 작가랑 연결이 되고 있다고 했지? 이 시기의 채 작가의 작품이라면 역시 〈신사의 품위〉인가? 이 드라마는 뭘 재고 말 것도 없다. 100% 흥행이야. 무조건 들어가야 해.'

무조건 들어가야 하는 작품이지만 정호가 먼저 정 대표에게 손을 내밀지 않은 건 정 대표가 지금껏 청월의 힘을 빌리지 않았기 때문이었다.

하지만 지금 정 대표는 청월에게 손을 내밀고 있었다.

그것도 엄청난 걸 손바닥 위에 올려둔 채.

이 손을 맞잡지 않을 이유가 전혀 없었다.

'누굴까? 정 대표가 청월에 원하는 사람이 누구지? 여운이? 해른이? 누구든 좋다. 어차피 누구라도 〈신사의 품위〉에 넣어야 해.'

정호가 이런 생각을 하고 있을 때 정 대표가 자신이 어떤 방송사에서, 그리고 어떤 작가와 어떤 드라마를 하게 됐는지 설명했다.

"SBC랑 할 거고 작가는 채 작가야. 〈신사의 품위〉라는 드라마인데 나중에 대본을 읽어보면 알겠지만 남자 주인공들이 정말 중요한 드라마지. 뭐, 그렇다고 여자 주인공이 중요하지 않은 건 아니지만……."

확실히 〈신사의 품위〉는 남자 주인공이 중요했다.

소꿉친구 네 사람이 어른이 된 이후에도 그려나가는 우정이 드라마의 핵심 콘셉트였기 때문에 더더욱 그랬다.

차이수라는 핵심적인 여주인공이 있긴 했지만 이 네 사람을 모두 합친 것보다는 파급력이 없었다.

'하필 〈신사의 품위〉의 여자 주인공이라 아쉽긴 하지만……. 여운이나 해른이라면 충분히 남자 주인공만큼이나 영향력을 발휘할 수 있지. 기대해 보자.'

정호는 정 대표가 당연히 강여운이나 지해른을 원할 거라고 생각하고 계획을 세우고 있었다.

하지만 정 대표는 전혀 뜻밖의 제안을 했다.

"……그래서 이 작품에 네 명의 남자 주인공이 필요한데…… 이 주인공 중 셋을 청월의 배우들로 하고 싶어. 어때?"

너무나도 뜻밖의 제안이었기 때문에 정호가 살짝 놀랐다.

"네, 누구요? 여운이나 해른이가 아니고요?"

당황해하며 묻는 정호의 질문에 정 대표가 진지한 어투로 대답했다.

"오 이사. 아무리 그래도 내가 그렇게 양심이 없지는 않아. 여운이랑 해른이를 데려다 쓴다면 나는 주는 것 없이 청월에 받기만 하는 거잖아."

정호는 정 대표의 말이 무엇을 뜻하는지 바로 알 수 있었다.

확실히 강여운과 지해른을 출연시킨다면 웬만한 드라마가 아닌 이상 흥행은 보장된 것이나 다름없었다.

정 대표 입장에서는 그게 굉장히 염치없는 일처럼 여겨졌을 것이 분명했다.

'여운이나 해른이를 무리해서 밀어 넣을 필요가 없다면 어찌 됐든 좋은 상황이지……'

정호가 생각을 정리하며 정 대표한테 물었다.

"그래서 필요한 배우가 누구입니까?"

정 대표가 대답했다.

"최근에 대단한 일을 하나 벌였던데? 조준환, 백민후, 차수준이었나? 단기간에 주연급 배우 셋을 인공호흡으로 살려났더군. 누가 오 이사 아니랄까봐…… 하여튼 대단해."

이런 일을 예측하고 조준환, 백민후, 차수준을 주연급 배우로 되살려낸 것은 아니었지만 어쨌든 일이 예상치 못한 흐름으로 좋게 흘러가고 있었다.

◇ ◆ ◇

　정 대표는 이번 일을 미리부터 준비했던 것이 확실했다.

　마침 세 사람이 드라마 종영을 앞두고 있거나 휴식기에 돌입한 상황이었기 때문이었다.

　철저하면서도 영리한 그만의 일 처리 방식이었다.

　정호는 오랜만에 정 대표의 능력을 확실히 깨달을 수 있었다.

　'이런 사람이 계속 청월에 있었다면 좋았겠지……'

　괜스레 다시 아쉬운 마음이 들었지만 아쉬운 마음을 잠시 접어뒀다.

　이제 와서 더 아쉬워 해봐야 소용없었다.

　게다가 청월을 나가서도 〈신사의 품위〉라는 대단한 흥행이 예견된 드라마를 들고 청월에 노크를 할 정도로 도움을 주고 있는 정 대표였다.

　이런 점에서 어쩌면 정 대표가 청월에 남는 것보다 드라마 제작사 대표가 된 게 더 나은 일일 수도 있었다.

　'그래. 여러모로 좋은 일이다. 윤 대표님도 기뻐했고.'

　조준환, 백민후, 차수준의 이번 〈신사의 품위〉 출연 소식을 듣고 가장 좋아한 사람은 바로 윤 대표였다.

　정호에게 이 소식을 전해 듣자마자 윤 대표가 반응했다.

　"허허허, 그래? 좋지, 좋아. 뿌리가 같은 사람들끼리 그런 식으로 돕는 것보다 좋은 일이 어디 있겠어. 오 이사가 준호를 많이 도와주게. 지금까지 도와 달라는 말도 못 하고 꽤나 속이 상했을 거야. 잘 달래주라고."

이번 일을 통해서 달래줘야 하는 쪽은 윤 대표였고 마음도 달랠 수 있던 것도 윤 대표였지만 정호는 그러려니 하고 넘어갔다.

정 대표를 생각하는 윤 대표의 따뜻한 마음이 그대로 느껴졌기 때문이었다.

오랜만에 윤 대표와 통화를 나눴는지 정 대표도 만족스러워하는 눈치였다.

"대표님이 무척이나 좋아하시더군. 오랜만에 서운한 티도 안 내고 말이야. 진즉에 이런 일을 준비했어야 했나?"

정호가 대꾸했다.

"진즉에 준비했으면 이렇게 마음이 풀리지도 않았을걸요? 적당히 밀당을 잘하신 겁니다."

정호의 말에 정 대표가 맞다고 맞장구를 치며 웃었다.

"하긴 그러긴 하네, 하하하."

◇ ◆ ◇

정호는 조준환, 백민후, 차수준에게 〈신사의 품위〉 소식을 전했다.

다행히 세 사람은 모두 긍정적으로 출연을 고려했다.

겨우 면식만 있는 처지인 조준환이 정호로부터 출연 제의를 듣고 대답했다.

"대춘이 형이 오 이사님 얘기를 많이 하시더군요. 나태했던 자신을 일으켜준 사람이라고요."

능력이 있지만 게을렀던 강대춘은 '휴게실 회의 사건'을 통해서 개과천선을 한 상태였다.

게으른 것 빼고는 좋은 인재였기 때문에 매니저로서 잘해 나가고 있었다.

정호가 조준환에게 대답했다.

이왕 이렇게 된 김에 조준환과 강대춘의 관계를 더욱 돈독히 해보자는 심산이었다.

이런 긴밀한 관계가 좋은 배우를 한 회사에 오래 남게 하는 법이었다.

"대춘 씨가 그렇게 마음을 먹은 것은 전부 준환 씨 때문이지요. 제가 아무리 크게 혼쭐을 내줬어도 준환 씨가 존재하지 않았다면 깨달은 바가 없었을 겁니다."

정호의 말에 조준환이 웃었다.

"후후. 오 이사님은 겉으로는 냉철해 보이지만 알고 보면 따뜻한 사람이라더니 사실인가 보군요. 대춘이 형을 해고시킬 수 있는 상황에서도 기회를 준 사람이라는 게 이제야 믿겨지고 납득이 갑니다."

멘탈이 제대로 잡혀 있을 때는 누구보다 똑똑한 배우가 조준환이라는 소문이 있었는데, 그 소문이 사실인 모양이었다.

정호는 내심 놀랐지만, 훌륭한 배우가 회사에 대한 호감을 가지고 있다는 건 좋은 일이었다.

"감사합니다. 그런 의미에서 〈신사의 품위〉 출연은 긍정적으로 생각해 주세요."

"물론입니다. 긍정적으로 생각하고 금방 답변을 드리겠습니다."

긍정적으로 대답하긴 백민후도 마찬가지였다.

백민후 입장에서 정호는 정말 큰 은인이었다.

과거 조준환과 백민후는 비슷한 상황에 처해 있었지만, 조준환보다는 백민후가 정호를 더 은인으로 생각할 수밖에 없었다.

한 달간 담당 매니저로 따라다니면서 자신을 변화시켜준 사람이 정호였기 때문이었다.

백민후가 한유현과 비슷한 반응을 보이며 대답했다.

"〈신사의 품위〉요? 물론입니다. 출연하겠습니다."

백민후의 반응에 정호가 하하하, 하고 웃었다.

"민후 씨, 그래도 대본은 보셔야죠. 역할도 확실히 확인할 필요가 있고요."

"물론입니다. 대본은 이미 청명이가 확인했어요. 역할도 저한테 무척이나 어울린다고 하더군요. 오 이사님과 청명이, 이렇게 제가 신뢰하는 두 사람이 출연해도 괜찮다는데 두 번 생각할 필요가 있을까요?"

그러고 보니 백민후의 14번째 매니저의 이름이 이청명

이었다.

이청명은 어느새 백민후와 친밀한 관계를 형성하고 있는 모양이었다.

더할 나위 없는 좋은 상황이었다.

백민후라는 좋은 배우도 청월에 오래 남을 것 같다는 예감이 들었다.

정호가 대답했다.

"그럼 출연하는 것으로 알겠습니다. 촬영까지는 시간이 많이 남았으니 꼭 대본을 읽어 보세요."

백민후가 웃음기 어린 목소리로 대답했다.

"아, 그렇습니까? 그렇다면 읽어봐야죠."

까탈스럽던 기존의 이미지에서 많이 벗어나 이제는 꽤 장난까지 칠 줄 알게 된 백민후였다.

차수준과 오방민은 오랜만에 총괄매니지먼트부 3팀 직원들의 얼굴도 볼 겸 정호가 직접 찾아갔다.

한쪽에 앉아 있던 두 사람에게 다가가자, 오방민이 벌떡 일어나 정호에게 인사를 건넸다.

"안녕하십니까, 이사님!"

차수준도 뒤이어 앉은 채로 인사했다.

"안녕하세요."

정서정을 붙인 사람이 누군지 이제 어느 정도 내막을 알게 된 차수준과 오방민이었다.

물론 두 사람에게 정호에 대한 원망은 없었다.

정호 덕분에 일일 드라마의 주연을 따냈다는 것을 알게 되었기 때문이었다.

"수고들 많아요. 방민 씨, 전했죠? 수준 씨가 이번에 출연했으면 하는 드라마가 뭔지?"

오방민이 대꾸했다.

"네, 네. 전했습니다. 방금 〈신사의 품위〉 대본을 읽었는데 무척이나 좋더라고요. 이사님의 부탁이 아니었어도 대본을 봤으면 수준이에게 오디션을 보라고 제의했을 거예요."

정호가 웃으며 말했다.

"채 작가님이 쓰신 대본이니까요. 게다가 이번에는 아주 촉이 좋습니다."

차수준이 눈을 빛냈다.

예전보다 많이 성장하긴 했어도 차수준은 아직 명예욕이 큰 어린애였다.

아직 일일 드라마의 주연까지밖에 못 해봤으니 더 올라가고 싶은 욕심이 있기도 했다.

차수준이 정호에게 물었다.

"어떤 촉이 오시나요?"

오방민은 그런 차수준을 말렸다.

"수, 수준아. 왜 그래? 오 이사님이시잖아."

정호는 그런 오방민의 행동을 손으로 막으며 대답했다.

차수준이 원하는 답변을 들려주기 위해서.

"어떤 쪽을 말하는지 모르겠지만…… 이번 드라마는 큰 대박이 날 겁니다. 수준 씨도 굉장한 스타가 될 거고요."

차수준이 다시 한 번 눈을 빛내며 도발적으로 말했다.

"오호! 과연 그럴까요?"

정호가 그런 차수준에게 말했다.

"안 믿기나요? 그럼 내기 하나 할래요? 이 드라마 성공할지, 안 할지?"

조준환, 백민후와는 달리 차수준은 아직 청월에 대한 확신이 들지 않은 상태 같았다.

정호는 이 기회에 차수준을 완벽하게 청월의 사람으로 만들어볼 생각이었다.

차수준이 흥미를 보였다.

"내기요?"

22장. 여러 마리의 토끼

차수준이 성장을 한 것은 사실이었다.

명성도 명성이지만 정서정을 따라다니면서 정신적으로 많이 성숙해졌다.

특히 차수준의 정신적 지주라고 할 수 있는 정서정이 전 소속사와의 계약을 끝내고 청월과 신규 계약을 하면서 차수준이 성장할 기회는 더 커졌다.

정호는 속으로 생각했다.

'하지만 거기까지……'

정호의 생각대로였다.

아무리 그렇더라도 지금 현재 이전 시간에서의 차수준을 기대할 수는 없었다.

그때의 차수준은 힘든 시기를 오래 겪으면서 풍파를 이겨낸 화초처럼 활짝 개화한 느낌이었다.

이에 반해 지금의 차수준은 여전히 온실 속의 화초였다.

정서정과 적지 않은 시간을 함께하면서 정서정의 짜증과 잔소리에 익숙해졌기 때문에 더더욱 그랬다.

이제는 더 이상 성장할 동기 부여가 약해진 셈이었다.

'골치 아픈 상태가 된 거지…….'

그렇다고 해서 일부러 고생을 시킬 수도 없는 일이었다.

그런 까닭에 지금의 차수준은 정신적으로 성숙했지만 동시에 여전히 치기 어린 수준의 명예욕을 간직한 인물이 되어 있었다.

정호는 이 기회에 이런 차수준의 마음을 사로잡을 생각이었다.

정호의 내기 제안에 차수준이 흥미를 보였다.

자신에게 정서정을 붙인 정호에 대한 승부욕이 얼핏 느껴지기도 했다.

차수준이 말했다.

"좋네요, 내기. 저로서는 거절할 이유가 없죠. 지면 드라마가 성공해서 좋은 거고, 이기면 드라마는 성공하지 못했지만 내기에 이겼으니 좋은 거고. 맞죠?"

"그렇죠."

차수준이 호기심 많은 어린아이처럼 물었다.

"그렇다면 내기에 지면 이긴 사람한테 뭘 주면 될까요? 돈? 선물?"

정호의 대답은 정해져 있었다.

"소원 들어주기."

쉴 틈도 없이 정호가 대답하자 뭔가 찝찝한지 약간은 망설이던 차수준이 입을 열었다.

"소원 들어주기라……. 약간 구식 느낌이긴 하지만 괜찮네요, 소원 들어주기. 그걸로 하죠."

◇　◆　◇

정호에게 있어서 차수준과의 내기는 간단히 두 마리 토끼를 잡기 위한 소소한 계책에 불과했다.

〈신사의 품위〉의 성공을 이미 알고 있었기 때문이었다.

정호는 이 기회를 살려 다른 걸 노릴 속셈이었다.

〈귀신 딸깍발이〉 때 사용한 OST 전략은 기본이었다.

정호가 윤 대표에게 보고를 했을 때, 오서연을 중심으로 OST 팀이 꾸려졌다.

이미 사용된 전략은 절대 놓치지 않는 기획팀 황 팀장다운 움직임이었다.

'〈신사의 품위〉의 OST 건은 크게 신경 쓰지 않아도 된다.

기획팀과 각 팀의 총괄매니지먼트부가 이 부분을 완벽하게 캐어할 거야. 이미 사용한 바가 있는 전략이니깐.'

정호는 이번에 다른 걸 본인이 나서서 중점적으로 다룰 생각이었다.

바로 '청월의 조연급 배우 키우기' 였다.

인재개발팀이 발족되고 가장 먼저 한 일은 신인 개발이 아니었다.

신인 개발은 적어도 5~6년 정도의 시간을 들여야 성과가 나오는 일이었기 때문에 새로 발족된 팀의 첫 사업으로 적절하지 못했다.

정호처럼 괜찮은 배우나 가수를 데려와 단기간에 띄우는 것도 방법이긴 했지만 이게 쉬운 일이 아니었다.

정호이기에 가능한 일이었고 정호만이 가능한 일이었다.

만약 인재개발팀이 이런 식으로 성과를 낸다면 정호의 도움을 받았다는 소문이 돌기 딱 좋았다.

이런 소문이 돌면 공식적으론 인재개발팀의 성과로 인정하겠지만 결국 사람들 사이에서는 정호의 성과로 인정될 가능성이 높았다.

인재개발팀은 다른 방법을 찾았다.

무엇보다 신인 개발을 하면서도 동시에 성과를 빨리 낼 수 있는 다른 일을 하는 것이 가장 좋았다.

인재개발팀의 새 팀장으로 발령된 김우석 팀장은 이 문제 때문에 골치를 썩고 있었다.

정호는 그런 김 팀장에 슬쩍 먹이를 던져줬다.

"우리 회사의 문제점은 역시 믿을 만한 조연이 없다는 것 같아요. 안 그렇습니까, 김 팀장님?"

다행스럽게도, 이 정도 힌트를 듣고도 일을 처리하지 못할 만큼 김 팀장은 무능하지 않았다.

김 팀장은 이전의 시간에서도 정호가 직접 타 기업에서 데려왔을 정도로 훌륭한 인재였다.

지금은 그저 팀을 이끌어본 경험이 조금 부족할 따름이었다.

정호의 힌트를 알아들은 인재개발팀의 김 팀장은 적지 않은 숫자의 좋은 조연급 배우를 청월로 데려왔다.

총 다섯 명의 조연급 배우들이 청월에 합류했는데 정서정도 이 프로젝트의 일환으로 청월과 신규 계약을 맺은 것이었다.

한때는 명품 주연 배우로 이름을 날렸던 정서정은 명품 조연 배우로 완벽하게 변신한 상태였다.

미운 시누이 역할이나 회사의 깐깐한 여 상사 역할 등에서 맹활약 중이었다.

예전보다 성격도 많이 부드러워져서 세간의 평가도 대중적으로 변모된 상태였다.

'내가 보기엔 그냥 사람들이 서정 씨한테 적응이 된 것 같지만……. 마치 차수준처럼…….'

어쨌든 정서정을 포함하여 총 다섯 명의 배우가 청월에 합류한 것은 좋은 소식이었다.

정호가 정문복과 아웃라이더를 데려온 것과 같은 이유로 이 다섯 명의 명품 조연 배우들은 청월의 중심을 단단히 잡아줄 예정이었다.

◇ ◆ ◇

그리고 정호가 준비한 전략은 이 다섯 명의 조연 배우와 밀접한 연관이 있었다.

'일단 세 명은 지금 출연 중인 영화나 드라마가 있으니 패스한다. 세 사람 다 각자의 위치에서 눈에 띄는 성과를 보이고 있어. 현재로썬 내 캐어가 필요치 않다는 뜻이지. 캐어가 필요한 것은 다른 두 명인데…….'

정호는 이 두 명의 배우를 〈신사의 품위〉에 출연시켜 좀 더 확실한 카드로 만들어낼 예정이었다.

'한 사람은 서정 씨고 다른 한 사람은…… 임지연인가?'

임지연은 여자 주인공의 친구 역할로 친숙한 얼굴의 배우였다.

이전 소속사에서 성의 없는 캐어를 받으며 많은 작품에 출연하지 못했지만, 정호는 임지연의 가능성을 잘 알고 있었다.

이전 시간에서 소속사와의 계약 만료로 프리랜서처럼 활동하던 임지연은 오디션을 통해 〈신사의 품위〉의 '김메아리' 배역을 따냈고, 스스로의 노력으로 연기력을 인정받았다.

'김메아리는 정말 중요한 배역이다. 조연임에도 불구하고 주연보다도 더 많은 관심을 받기도 했고.'

정호는 〈신사의 품위〉에 출연시킬 배우들을 추린 후 정 대표에게 전화를 걸었다.

"네, 정 대표님. 다름이 아니라 배역 두 자리를 더 저희 배우로 추천하고 싶어서요."

"그래? 그나저나 너 생각보다 적극적이다? 마치 이 드라마가 성공할지 아는 것처럼?"

"제가 말했잖아요. 이 드라마는 무조건 성공한다고. 제가 추천하고 싶은 배우랑 그 배우가 맡았으면 좋을 것 같은 역할은요……."

잠시 후, 정호는 정 대표의 허락을 받아냈고 이어서 채 작가에게 오케이 사인을 얻었다.

정호의 생각대로 사건이 부드럽게 흘러가고 있었다.

촬영을 앞두고 마음을 가다듬을 겸 정호는 최종적으로 배역을 확인했다.

강도진 — 조준환(소속사 : 청월).

차이수 — 한미나(소속사 : 메세나).

김태산 — 경세찬(소속사 : 메세나).

윤세라 — 정서정(소속사 : 청월).

최윤수 — 백민후(소속사 : 청월).

김메아리 — 임지연(소속사 : 청월).

이재록 — 차수준(소속사 : 청월).

배민숙 — 하명희(소속사 : 케스타).

이야기의 기본적인 골자는 강도진과 차이수의 이야기로 진행된다.

대기업을 다니는 섹시하고 듬직한 남자 김태산을 짝사랑하는 차이수는 김태산을 쫓아 사회인 야구단의 매니저를 맡는다.

하지만 김태산은 친구 윤세라의 남자 친구로 차이수가 좋아해서는 안 되는 사내다.

그런데 엎친 데 덮친 격으로 차이수는 자신의 마음을 강도진에게 들킨다.

강도진과 차이수의 연애는 이렇게 역경 속에서 시작한다.

조준환은 자신의 친구를 짝사랑한다는 걸 알면서도 차이수를 사랑하게 돼 버린 남자, 강도진 역할을 맡았다.

김태산과 윤세라의 연애도 만만찮은 역경에 휩싸여 있다.

연예인 윤세라는 언제나 김태산에게 매력적으로 보이고 싶어 하는 여자이다.

문제는 그런 윤세라를 김태산은 너무나도 편하게, 때론 무신경하게 대한다는 점이다.

그래서 윤세라는 더욱더 김태산을 정복하고 싶다는 욕망에 사로잡힌다.

그러다 보니 두 사람의 연애가 조금씩 이상하게 꼬인다.

여기서 정서정은 윤세라 역할을 맡았다.

대중적이면서도 세련미가 넘치는 윤세라 역할을 정서정보다 더 완벽하게 소화할 배우는 없었다.

최윤수와 김메아리는 근본적인 문제에서 연애조차 시작하지 못하고 있었다.

프로페셔널한 사업가 최윤수는 아내와의 사별 이후 어떤 여자도 만나지 못하고 있다.

평생 아내만을 사랑하기로 했기에 다른 누군가를 사랑할 수 없다는 게 최윤수의 신념이다.

그런데 자꾸 친구 김태산의 여동생 김메아리가 여자로 보인다.

어릴 때는 이런 애가 아니었는데 살을 빼고 자신감이 붙더니 꽤 적극적이기도 하다.

반면에 김메아리는 어릴 적 뚱뚱했던 과거 때문에 걱정이 많다.

그 과거로 인해 오랫동안 좋아한 최윤수에게도 사랑받지 못하는 기분이다.

적극적으로 행동하면 오히려 자신을 더욱 밀어내니 걱정 스럽다.

두 사람은 과연 이 역경을 이겨낼 수 있을까.

최윤수 역할은 비슷한 분위기를 풍길 줄 아는 배우 백민후가 따냈다.

상대역 김메아리는 정호가 이번 기회에 반드시 띄우기로 마음을 먹은 임지연의 차지가 되었다.

두 사람의 연애는 이전의 시간에서 메인 주인공들의 연애만큼이나 주목을 받았던 만큼 기대가 됐다.

마지막으로 이재록, 배민숙의 결혼 생활이다.

이재록은 한때 일대에서 가장 잘나가는 남자였다.

노래, 춤, 운동, 게임 등 노는 것과 관련된 일이면 정말 못하는 게 없다.

다만 워낙 놀기를 좋아하다 보니 이재록은 한량이 되었다.

한량도 직업이라면, 사실 한량만큼 이재록에게 어울리는 직업도 없다.

그런 한량 이재록은 연상녀 배민숙과 결혼했다.

물론 결혼해서도 이재록은 한량이다.

반면에 결혼 후의 배민숙은 늘 기분이 좋지 않다.

돈이면 끝이라고 생각했다.

하지만 아니었다.

놀기 좋아하는 남편을 막을 수 없고 심지어 아이까지 생기지 않으니 더 불안하고 우울하다.

어떻게 해야 하는 걸까 고민하지만 답은 쉽게 나오지 않는다.

쉽지 않은 결혼 생활이 예상되는 두 사람이다.

차수준이 아니면 안 될 것 같다는 생각이 들 정도로 이재록은 차수준에게 너무나도 잘 어울렸다.

문제는 다른 배우들과 나이 차가 조금 난다는 점인데 이건 최근 나아진 차수준의 연기력으로 충분히 극복할 수 있는 문제였다.

◇　◆　◇

청월 소속의 배우들이 어떤 역할을 맡았는지 다시 한 번 확실하게 확인한 정호였다.

배역이 워낙 많아서 확인을 하는 데에만 한참의 시간이 소요됐다.

'역시 채 작가야. 드라마의 핵심인 캐릭터들의 성격을 완벽하게 개성화시키는 데 성공했군.'

원래 성공이 확정된 드라마지만 이렇게 캐릭터를 파악하니, 드라마의 성공 이유를 더 확실히 알 수 있었다.

'본격적인 촬영은 내일부터인가?'

내일 있을 첫 촬영이 벌써부터 기대됐다.

청월의 배우들이 〈신사의 품위〉라는 무대에서 누구보다 멋지고 신나게 뛰어놀 예정이었다.

23장. 소소한 복수와 촬영의 시작

밀키웨이 멤버들이 오랜만에 모였다.

정말 오랜만이었다.

정호의 손길을 피하기 위해 일부러 해외 스케줄을 잡거나 요양을 핑계로 숙소 생활도 기피하고 각자의 부모님 집에서 신세를 졌던 밀키웨이 멤버들이었다.

밀키웨이였기에 가능한 도피 생활이었다.

숙소 생활이 필수인 신인 걸 그룹이었다면 이런 도피 생활이 가능할 리 없었다.

어느 정도 궤도에 오른 후로 숙소 생활은 밀키웨이 멤버들에게 필수가 아닌 선택이었다.

회사 입장에서도 이미 스타가 되어 자립심을 갖게 된

밀키웨이 멤버들을 억지로 붙잡아둘 수도 없는 일이었다.

지금까지 숙소 생활을 이어온 것 자체가 밀키웨이 멤버들의 우정이 얼마나 끈끈한지 충분히 알 수 있는 대목이었다.

어쨌든 홍대 예술 마을의 밤 이후로 꽤 오랫동안 정호를 피해 다닌 밀키웨이 멤버들이었다.

그런 밀키웨이 멤버들은 서로의 얼굴을 보기 위해 오랜만에 홍대의 술집 '허브'에서 비밀 회동을 가졌다.

'허브'는 아웃라이더가 슬럼프에 빠져 있을 때 자주 이용하던 그 술집이었다.

연예인들이 종종 들리는 곳이기도 했고 홍대의 예술가들이 많이 찾는 곳이다 보니 밀키웨이 멤버들도 부담 없이 찾곤 하는 장소였다.

특히 2층 구석에 마련된 자리는 사람들의 시선을 피하기가 용이해서 다른 술집보다 이용하기가 좋았다.

물론 밀키웨이 멤버들이 여기에 있다는 것이 알려지면 난리가 나겠지만.

캡 모자를 눌러 쓴 하수아가 한자리에 모인 멤버들을 보고 씨익, 웃으며 말했다.

조직의 두목 같은 말투였다.

"다들 잘 지내셨소?"

하수아의 말에 둥근 챙 모자를 쓴 채 유미지가 불안한지 우는 소리를 내며 대답했다.

"근데 여기 정말 괜찮은 거 맞아……? 우리 여기 있다가
오 이사님한테 걸리면 끝장이야!"

"낄낄낄."

뭐가 그리 좋은지, 오서연은 유미지의 우는 소리에도 아
랑곳하지 않고 특유의 웃음소리를 냈다.

물론 오서연도 다른 두 사람과 마찬가지로 이목을 피하
기 위해 후드 모자를 쓴 상태였다.

빵 모자로 얼굴을 가린 신유나가 유미지를 안심시켰
다.

"걱정 마요, 언니. 만약 오 이사님이 우릴 발견해도 딱히
복수할 방법은 없을 거예요."

"너희는 몰라……. 오 이사님이 얼마나 무서운지…….
오 이사님은 정말 이런 부분에서는 양보란 게 없다고……."

안 좋은 예감이 떠오른 듯 하수아가 잠깐 몸을 떨었지만
애써 고개를 크게 가로저었다.

그러더니 어색한 사투리로 조폭을 흉내내며 말했다.

"아, 아닐 거요. 우리 술이나 마입시다? 어요?"

술 마시자는 얘기에 반응한 건 역시 오서연이었다.

"낄낄낄. 그래, 적셔."

모두가 불안에 떨며 술을 마시기 시작했고 불안 때문인
지 금세 술자리는 폭음 상태가 됐다.

그렇게 한 잔, 두 잔 술이 들어가자 밀키웨이 멤버들도
조금 긴장을 풀었다.

술이 들어가면서 확실히 이곳이라면 정호가 무슨 짓을 할 수 없을 거란 확신 같은 것도 생겼다.

그만큼 이곳은 연예인한테 익숙하면서도 연예인의 신분을 감추기 아주 좋은 곳이었다.

하지만 유미지만큼은 여전히 불안한 듯했다.

"다, 다음부터 이렇게 만나려면 방으로 되어 있는 곳으로 가자…… . 나 불안해…… ."

흥이 오른 하수아가 유미지를 달랬다.

여전히 조폭 놀이 심취한 하수아는 의문의 사투리로 계속 말했다.

"에이, 언냐~ 걱정 마쇼~ 내가 오 이사, 이놈 것이 오면 확 쑤셔 불란 게~"

하수아가 젓가락을 들고 까불거렸고 신유나도 유미지를 안심시켰다.

"맞아요, 언니. 내가 봤을 때에도 오 이사님이 겨우 그 정도 장난친 걸 가지고 우리한테 복수 같은 걸 할 리가 없어요. 애초에 우리가 오버한 거라고요."

술에 취한 건 신유나도 마찬가지였는지 평소보다 말이 많았다.

그리고 옆에서 오서연이 한결같은 자세로 거들었다.

"낄낄낄. 그래, 적셔!"

그때였다.

밀키웨이 멤버들이 앉아 있는 테이블로 사람들이 모여

들기 시작한 게.

"어머, 진짜야!"

"진짜! 밀키웨이다!"

"대박…… 말도 안 돼. 진짜라고는 생각도 못 했어……."

"사진 찍어 달라고 하자."

"미지 언니! 사인해 주세요!"

한국인만이 몰려든 게 아니었다.

몰려든 팬들 중에는 적지 않은 수의 외국인들도 섞여 있었다.

글로벌 차일드다운 파급력이었다.

갑작스레 몰려든 인파에 당황한 밀키웨이 멤버들은 빠르게 담당 매니저들한테 SOS를 요청했다.

그러고는 필사적으로 얼굴을 가리며 양해를 구했다.

"아…… 여러분 저희는 그냥 조용히 술을 마시려고……."

"죄송합니다. 오늘은 얼굴 상태가 말이 아니라서요……."

"사인은 해드릴게요. 제발 사진만 찍지 말아주세요……. 사진을 찍어도 혼자만의 추억으로 간직해 주세요……."

하수아, 신유나, 유미지의 입에서 저마다 양해를 구하는 말이 튀어나오고 있었다.

이렇게 양해를 구하며 시간을 끌어야 하나 생각하고 있었을 때 오서연이 사고를 쳤다.

흥이 오른 오서연이 벌떡 일어나 소리쳤다.

"낄낄낄. 와우! 팬들도 모두 적셔!"

오서연을 제외한 밀키웨이 멤버들은 이마를 부여잡았고, 어느새 눈빛을 교환한 세 사람은 오서연을 데리고 '허브'로부터 탈출을 시도했다.

톱급 걸 그룹이었던 만큼 운동 능력과 체력이 워낙 좋았던 네 사람이었기 때문에 엄청난 속도로 그 자리를 벗어나기 시작했다.

열심히 사진을 찍던 밀키웨이의 팬들의 대부분은 아쉬운 눈빛만 보낼 뿐, 도망가는 밀키웨이 멤버들을 쫓지 않았다.

쫓는 사람들도 간혹 있었지만 도무지 밀키웨이 멤버들의 운동 신경을 따라가지 못했다.

밀키웨이 멤버들은 술에 취한 채 도망가면서도 팬들에게 양해를 구했다.

"와아! 미안해요, 여러분!"

"죄송합니다~ 다음에는 사진 제대로 찍어드릴게요~"

"오늘은 너무 못생겨서 도저히 안 되겠어요!"

"적셔! 오늘밤을 적시라고!"

밀키웨이 멤버들은 순식간에 사라졌다.

그나마 안전지대라고 할 수 있는 홍대 예술 마을 쪽으로 순식간에.

팬들은 그런 밀키웨이 멤버들을 약간 황당해하며 쳐다봤다.

그때 팬들 사이로 비집고 한 사람이 튀어나왔다.

바로 정호였다.

정호가 전면에 나서자 밀키웨이의 팬들은 잠에서 깨어난 사람들처럼 안도의 한숨을 쉬었다.

밀키웨이 팬들에게 정호가 말했다.

"다들 수고하셨습니다."

정호의 선창의 밀키웨이 팬들도 화답했다.

"수고하셨습니다."

"수고하셨어요."

그랬다.

사실 이 모든 건 정호가 꾸며낸 자작극이었다.

여기에 모여든 밀키웨이 팬들은 모두 정호가 고용한 단역 배우들이었던 것이다.

'후후후. 이 정도면 복수가 됐으려나……'

정호는 이런 생각하며 단역 배우들에게 말했다.

"자, 그럼 다들. 찍은 사진은 삭제하시고요. 확인받고 해산하도록 합시다. 아! 아까 제가 말한 그 사진은 남겨 주시고요."

정호의 곁으로 어떤 남자가 다가와 자신이 찍은 사진을 전송했다.

그 사진을 받은 정호가 밀키웨이 멤버들과 함께 있는 카라오톡 단체방에 해당 사진을 보낸 뒤 메시지를 적었다.

[오정호 : 술을 마시고도 운동을 잊지 않네? 귀여운 내 새끼들♥]

메시지를 받고 사건의 전말을 깨달은 밀키웨이 멤버들은 잠깐의 분노 이후 마음의 평화를 얻었다.

더 이상 정호를 피해 다니지 않아도 된다는 사실 때문에.

사고부터 치는 모습이 여전히 어린애 같은 밀키웨이 멤버들이었다.

◇　◆　◇

정호의 소소한 복수를 뒤로 하고 〈신사의 품위〉의 본격적인 촬영이 시작됐다.

〈신사의 품위〉의 PD는 이제는 어엿한 중견 PD가 된 남 PD였다.

정호와 남 PD의 인연은 깊은 편이었다.

남 PD는 강여운, 유미지가 출연한 〈내 사랑 티라미수〉의 연출자였기 때문이었다.

그때 당시 남 PD는 케스타의 탑배우 박도경을 섭외하기 위해 아직 증명되지 않은 신인 배우 유미지를 캐스팅했었고 그런 까닭에 큰 위기를 맞은 바 있었다.

만약 강여운이 〈내 사랑 티라미수〉의 서브 주연이었던 홍단비 역할을 잘 소화해내지 못했다면, 남 PD는 지금 연출자의 길이 아닌 다른 길을 걷고 있었을지도 모를 일이었다.

'물론 여운이가 아니었다면 수아가 홍단비 역할을 맡아 홍캐리라는 별명을 얻었겠지만…….'

결국 남 PD와는 강여운, 유미지, 하수아가 모두 얽힌 엄청난 인연이라고 볼 수 있었다.

정호가 촬영 현장 한쪽에서 이런 생각에 잠겨 있을 때 남 PD가 다가와 반갑게 인사했다.

"오랜만입니다, 이사님. 덕분에 이번에는 청월의 새로운 배우들과 호흡을 맞추게 됐군요. 이번에도 오 이사님의 도움, 기대하겠습니다."

확실히 예전보다 노련해진 느낌의 남 PD였다.

예전에도 나이에 비해 잘한다는 느낌이 들긴 했지만 이렇게 립서비스까지 술술 해낼 정도는 아니었다.

정호가 장단을 맞추며 대답했다.

"〈신사의 품위〉에 함께한 다섯 명의 배우들은 전부 잘할 겁니다. 알고 계시죠?"

정호는 일부러 〈신사의 품위〉에 캐스팅된 청월의 배우가 다섯 사람이라는 걸 강조하면서 말했다.

정호가 말을 하며 남 PD를 면밀히 살폈다.

남 PD가 슬쩍 눈을 굴렸다.

남 PD의 생각이 뻔히 들여다보였다.

'역시나……'

아무리 메인 연출자라지만 출연하는 모든 배우들의 소속사를 전부 기억하기는 어려웠을 것이다.

아마 〈신사의 품위〉의 핵심이라고 할 수 있을 남자 주인공 네 사람과 여자 주인공인 차이수 역할을 맡은 한미나 정도의 소속사를 머릿속에 담아뒀을 것이 분명했다.

"아아, 그렇죠. 잘 기억하고 있습니다. 조준환, 백민후, 차수준 씨의 연기력은 요즘 물이 오를 때로 올랐죠. 제작사에서 캐스팅 가능 소식을 전하자마자 저도 모르게 덥석 물었을 정도예요! 게다가 베테랑 정서정 씨 연기라니……! 청월은 정말 배우진이 탄탄하군요. 또…… 임지…… 연 씨의 연기도 무척 기대가 되고요."

그래도 남 PD는 기억력이 좋은 편인지 청월의 배우들을 용케 모두 기억해냈다.

정호는 남 PD의 기억을 확실히 하기 위해 한마디를 더 덧붙였다.

"특히 김메아리 역할을 맡은 지연이의 연기력을 눈여겨봐 주세요. 대본 리딩 때도 좋았지만 실전에서 더 강한 친구입니다."

"김메아리…… 임지연 씨……. 네네, 물론입니다. 오 이사님의 말이라면 팥으로 메주를 쓴다고 해도 믿어야죠!"

그렇게 정호와 남 PD는 인사를 끝마쳤고 남 PD는 다른 소속사의 임원급 사람들과 인사를 하기 위해 움직였다.

움직이면서도 남 PD는 "김메아리, 임지연. 김메아리, 임지연." 하고 배역과 이름을 기억하기 위해 노력하는 모습을 보였다.

그로서도 어쩔 수 없는 게, 정호의 예언에 가까운 능력은 연예계에서 워낙 유명했기 때문이었다.

그리고 정호는 그런 자신의 명성을 이용하여 미리 김메아리 역할을 맡은 임지연을 남 PD의 머릿속에 각인시킨 것이었다.

소속 연예인의 성공을 위해서라면 똥물까지 몸에 끼얹을 수 있는 정호다운 태도였다.

'이것으로 남 PD가 지연 씨한테 신경을 더 많이 써주겠지?'

정호는 그런 생각을 하며 한쪽에서 첫 촬영 준비에 열중하고 있는 임지연을 바라봤다.

동시에 촬영 전 임지연과 만나서 나눴던 대화가 떠올랐다.

'지연 씨라……. 그래, 생각보다 범상치 않은 인물이었지……'

24장. 슈퍼 조연 탄생?

정호가 임지연에게 놀란 것은 임지연이 보여준 연기에 대한 열정 같은 것이 아니었다.

임지연이 삶을 대하는 태도였다.

임지연의 태도는 아주 독특했다.

〈신사의 품위〉의 모든 역할이 확정된 날, 정호는 임지연과 일대일 면담을 가졌는데 정호의 부름을 받고 이사실에 도착한 임지연은 아주 침착한 상태로 이번 드라마 확정에 대한 자신의 소견을 밝혔다.

"재밌는 역할이라고 생각해요. 잘해 보겠습니다."

이게 다였다.

다른 수식어는 없었다.

274

긴장도, 설렘도 내비치지 않은 채 임지연은 딱 이 정도로
만 말했다.

정호가 연예계에서 어느 정도의 지위와 명성을 얻고 난
이후 이런 반응은 처음이었다.

정호와 처음 만나는 자리라면 누구나, 심지어 톱급 배우
조차도 이런 태도를 보이지 않았는데 임지연은 조연급 배
우임에도 불구하고 감정 상태를 아주 고요하게 유지하고
있었다.

뜨겁지도, 그렇다고 차갑지도 않은 아주 완벽히 미지근
한 상태였다.

정호는 이런 임지연의 태도가 굉장히 인상적이었다.

자신도 모르게 정호가 속으로 생각했다.

'임지연이라……. 이거 생각한 것보다 더 대단한 인물이
겠는데?'

정호의 이런 평가는 회귀 전 칼럼를 통해 알게 된 한 가
지 일화 때문에 나온 것이었다.

◇ ◆ ◇

정호는 이전의 시간에서 우연히 어느 음악평론가의 칼럼
을 읽은 적이 있었다.

세계적인 바이올리니스트 한명화와 관련된 칼럼이었는
데, 그 음악평론가는 평소 흠모하던 바이올리니스트 한명

화가 내한 공연을 한다는 소식을 듣고 서둘러 표를 끊었다.

내한 공연 한 달 전에 표를 끊은 그 음악평론가는 한 달 내내 밤잠을 제대로 이루지 못했다.

워낙 오랫동안 한명화를 음악인으로서 흠모해 왔기 때문에 설레어서 도저히 잠이 오지 않았던 것이다.

그런 기대감 속에서 한 달이 지났고, 마침내 한명화의 바이올린 공연이 시작됐다.

그리고 음악평론가는 실망을 하고 말았다.

처음부터 느낌이 안 좋았다.

무대에 오른 한명화의 표정이 소중한 걸 잃어버리고 포기한 사람처럼 너무나도 차가웠기 때문이었다.

공연도 마찬가지였다.

한명화의 바이올린 소리는 마치 한명화의 마음을 대변하는 듯 너무나도 차가웠고 시렸다.

그래서 도무지 바이올린에 집중할 수가 없었다.

음악평론가와 함께 그 공연을 끝까지 지켜본 다른 관객들조차도 "뭐지? 한명화가 너무 컨디션이 안 좋은 거 아닌가? 생각보다 별로인데?"라고 할 정도로 한명화의 공연은 수준 이하였다.

음악평론가는 큰 실망을 안은 채 집으로 돌아왔고 긴 고민 끝에 지인에게 부탁해서 한명화의 표를 한 장 더 구해 한명화의 공연을 다시 보기로 마음먹었다.

이대로 한명화의 망가진 공연을 보고 말기에는 너무나도 아까웠기 때문이었다.

다시 한 주가 지나고 한명화의 마지막 내한 공연이 시작됐다.

그날은 달랐다.

평소보다 열정적인 모습으로 한명화가 무대에 올랐고 그 열정이 그대로 느껴지는 엄청난 공연이 이어졌다.

소리부터 스킬까지 모든 것이 공연장을 불태울 것처럼 뜨거운 공연이었다.

한명화의 마지막 곡의 연주가 끝나고 공연장의 모든 관객들이 일어나 기립 박수를 쳤다.

하지만 음악평론가는 자리에서 일어나지 않았다.

모든 사람들이 "한명화의 이번 공연은 인생에 남을 멋진 공연이었어!"라고 소리를 질렀지만 그 음악평론가는 끝까지 자리를 지켰다.

아무런 미동도 없이 한자리에 앉아서.

그런 뒤 공연장에 홀로 남아 평소 소장하고 있던 한명화의 녹음된 앨범을 꺼내 들으며 이런 글을 남겼다.

―한국에서 보여준 한명화의 퍼포먼스는 모두 실망스러웠다. 한 번은 너무 차가워서. 다른 한 번은 너무 뜨거워서. 나는 지금 한명화의 음악을 녹음된 CD로 다시 듣고 있다. 여기에는 가장 완벽한 한명화의 바이올린 연주가 들어 있는데 그 이유는 한명화가 너무 차갑지도, 너무 뜨겁지도

않기 때문이다. 가장 훌륭한 예술, 그것은 언제나 미지근함에 있는 것 같다.

후에 이 칼럼을 읽어본 한명화는 이렇게 술회했다고 한다.

"나는 요즘도 그때의 내한 공연을 생각한다. 그건 내 인생의 있어서 가장 큰 부끄러움이었다. 기립 박수를 받고 돌아온 대기실에서 나는 울었다. 처음 바이올린을 켜던 날보다도 나는 그날, 바이올린을 가장 못 켰다."

정호는 오랫동안 이 칼럼을 기억했다.

그리고 수많은 배우들을 담당하며 그 배우들의 성격을 이 칼럼의 말에 대조해 봤다.

대부분 둘 중 하나였다.

너무 차갑거나, 너무 뜨겁거나.

동시에 이런 배우들 중에서 정호를 놀라게 한 배우는 없었다.

너무 차갑거나 뜨거웠기 때문에 잘나가는 순간에도 쉽게 미끄러졌고, 미끄러지면 다신 일어나지 못하는 경우가 허다했다.

하지만 천 명의 배우 중 한 명 정도씩 있는 미지근함을 유지할 줄 아는 배우들은 늘 달랐다.

정호를 단 한 번도 실망시킨 적이 없었고 항상 놀라게 했다.

늘 미지근한 사람은 조금 심심하거나 수동적일 거라는 편견도 있었지만 실제로 만나 보니 그렇지도 않았다.

오히려 차갑거나 뜨거운 사람보다 역동적이었다.

'차가워지고 싶은 때 차가워지고 뜨거워지고 싶을 때 뜨거워질 수 있는 것이 미지근한 사람이 누릴 수 있는 특권이지.'

그리고 눈앞에 앉아 있는 임지연은 백 명의 배우 중 한 명 있는 그런 미지근함을 아는 배우였다.

정호의 기대감이 절로 높아질 수밖에 없었다.

◇ ◆ ◇

정호가 궁금증을 참지 못하고 임지연에게 물었다.

"별로 놀라지 않는군요. 〈신사의 품위〉의 김메아리 역할은 꽤나 메리트가 있을 텐데요?"

나중에 김메아리는 강도진&차이수의 메인 러브 라인만큼이나 중요한 러브 라인의 한 축을 맡게 될 예정이었지만 지금은 아니었다.

아직 대본이 3화 분량밖에 나오지 않은 상황이었다.

그러다 보니 김메아리의 활약은 미비한 편이었다.

하지만 김메아리 역할은 다른 드라마의 조연에 비해서 확실히 분량이 많고 비중이 높은 편이었다.

3화의 분량만으로도 그걸 모를 수 없었다.

하지만 임지연은 이것에 대해서 전혀 기뻐하지 않았다.

그렇다고 해서 이런 사실에 부담스러워하는 것도 아니었다.

그냥 평온, 그 자체였다.

임지연은 정호에게 고개를 숙이며 대답했다.

"정말 저에게는 좋은 기회라고 생각합니다. 감사합니다."

정호가 손사래를 치며 말했다.

"아아, 생색을 내려고 한 말이 아니에요. 좋은 배우에게 잘 맞는 역할이 돌아갔을 뿐이라고 생각합니다. 다만 어떻게 하면 그렇게 침착할 수 있는지, 그게 궁금할 뿐이에요."

질문에 뜻을 파악하지 못한 듯 임지연은 잠시 정호를 바라보다가 이내 질문의 요지를 알아채고 입을 열었다.

옅은 미소를 띤 채.

"선뜻 기뻐하기에는 따라오는 것들이 많으니까요."

"따라오는 것들이요?"

"네. 김메아리라는 역할이 가진 비중에 기뻐하려면 그 비중을 제가 이겨낼 수 있는지 생각해야 하고, 김메아리로 얻을 수 있는 명성에 기뻐하려면 그 명성을 얻기 위해 제가 해내야 하는 것들에 대해서 생각해야 하는, 뭐 그런 것들이요."

정호는 임지연의 답변에 더 큰 의문을 가질 수밖에 없다.

그래서 물었다.

"그런 것치고는 너무 부담감이 적어 보이는데요?"

임지연이 이번에도 웃으며 말했다.

"기쁨에 부담이 따르는 것처럼, 부담에도 기쁨이 따르는 법이니까요."

그제야 정호는 임지연의 말뜻을 이해할 수 있었다.

"김메아리라는 역할의 비중이 부담스럽지만 한편으로는 할 수 있는 게 많아 기쁘기도 하고, 김메아리로 해낼 수 있는 일에 대해서 생각하면 부담스럽지만 한편으로는 그게 명성으로 돌아올 테니깐 기쁘기도 하다. 이런 말뜻인가요?"

"맞아요. 그 뜻이에요."

임지연의 대답을 들으면서 정호는 지금까지 왜 미지근함을 아는 사람들이 성공했는지 알 수 있을 것 같았다.

그들은 성공할 수밖에 없었다.

어떤 순간에도 자만하지도, 좌절하지도 않았기 때문이었다.

정호의 예상대로 〈신사의 품위〉는 첫 화부터 14%대의 엄청난 시청률을 기록했다.

첫 화가 방영되자마자 캐릭터 하나하나가 모두 살아

있다는 극찬이 쏟아졌고, 그 캐릭터를 연기하는 배우들의 연기력에 대한 찬사도 끊이지 않았다.

그러더니 5회부터는 시청률이 15%를 넘어섰다.

연일 고공 행진이었다.

그중에서도 눈에 띄는 점은 김메아리의 역할에 대한 조명이 이뤄졌다는 사실이었다.

아내와의 사별을 겪은 남자 최윤수와 뚱뚱했던 과거 때문에 사랑 한 번 해 본 적 없는 김메아리의 사랑은 〈신사의 품위〉의 다른 어떤 사랑보다도 애틋한 면이 있었다.

그리고 이러한 애틋함이 시청자들의 심금을 울렸다.

김메아리 역할을 맡은 임지연의 연기가 특히 탁월했다.

최윤수를 뜨겁게 사랑하는 순간에도 뚱뚱했던 과거에 대한 트라우마로 최윤수에게 쉽게 다가가지 못하는 모습을, 절제된 연기력으로 잘 소화했다.

정호의 발언 이후, 임지연을 눈여겨보고 있던 남 PD가 속으로 생각했다.

'허……. 저런 괴물 같은 연기력이라니……. 도대체 오 이사님은 저 배우에게서 무엇을 먼저 본 걸까……?'

남 PD만이 아니었다.

현장을 찾은 채 작가도 김메아리의 연기를 보면서 드라마의 흐름에 대한 생각을 바꿨다.

'저런 배우가 맡은 김메아리라면 조금 더 캐릭터를 살려야겠어……. 드라마의 후반부는 강도진&차이수와 최윤수&

김메아리의 사랑에 집중하는 것으로 해야겠다······.'

뿐만 아니라 현장의 다른 배우들도 임지연을 조금씩 인정하기 시작했다.

특히 대한민국 최고의 배우 전문 소속사로 통하는 '메세나'의 두 배우가 임지연의 연기를 보고 많이 놀랐다.

차이수 역할을 맡은 한미나가 말했다.

"오빠, 저 사람 연기 봤어? 대박이더라······."

김메아리의 오빠이자 윤세라(정서정)와의 러브 라인을 형성하고 있는 김태산 역할의 경세찬이 대답했다.

"나야 지연 씨 연기를 맨날 보지······. 내 동생 역할이니깐······. 가까이서 같이 연기해 보면······ 더 소름끼쳐······."

다른 소속사 배우들이 이렇게까지 칭찬을 하는데 같은 소속사 배우들이 임지연을 칭찬하지 않을 리가 없었다.

후배에게 까다로운 평가를 내리기로 유명한 정서정조차도 임지연을 끼고 돌았다.

"지연아, 아까 연기 너무 좋았다. 그 감정 잘 살려서 다음 장면까지 들어가면 되겠어."

"고맙습니다, 선배님."

"호호호, 고맙긴. 그나저나 언니라고 부르니깐 얘가 자꾸 선배님이라고 부르네?"

"죄송해요, 언니."

"그래, 그래. 언니 소리가 훨씬 듣기 좋다, 호호호."

정호는 촬영 현장에서 조금 떨어져 서서 생각했다.

'임지연만이 아니다. 조준환, 백민후, 차수준, 정서정 모두 제 역할을 제대로 해주고 있어. 얼마 남지 않았군.'

확실히 브라운관을 통해서 좋은 분위기를 타고 있는 〈신사의 품위〉는 현장 분위기마저도 좋았다.

결국 〈신사의 품위〉는 비상할 때만을 남겨두고 있다는 뜻이었다.

정호가 다음 장면 촬영을 위해서 이동 중인 임지연을 눈에 담았다.

'누구보다도 가장 높이 날아오를 사람은 지연 씨겠지…….'

탄탄한 조연진을 갖추려고 노력하고 있던 정호에게 임지연의 등장은 다시없을 행운이었다.

임지연은 보통의 조연이 아니었다.

이제 곧, 슈퍼 조연이 될 인물이었다.

매니지먼트의 제왕

〈신사의 품위〉는 방영이 될 때마다 굉장한 이슈거리를 낳았다.

특히 과거의 인기 예능, 영화, 드라마를 패러디하며 시작되는 색다른 도입부는 시청자들을 사로잡는 매력적인 카드였다.

부산의 고등학생 얘기를 다룬 영화 〈동창〉, 짝짓기 예능 〈합〉, 농구 드라마 〈최후의 승부〉 등 매 화마다 패러디가 쏟아졌다.

이사실에 앉아 〈신사의 품위〉에 대한 자료들을 검토하고 있던 정호가 생각했다.

'요즘 채 작가가 괜히 패러디의 여왕이라고 불리는 게 아니지.'

285

이러한 패러디는 높은 연령대 시청자들의 향수를 자극했고 많은 시청자들이 본방 사수를 위해 십 분 전부터 TV 앞으로 모여들게 하는 핵심적인 요인으로 작용했다.

'하지만 단순히 향수만을 자극한 것은 아냐.'

사실 〈신사의 품위〉의 핵심은 다양한 개성을 가진 인물들에 있었다.

많은 인물들이 누가 주인공인지 알 수 없는 것처럼 움직이는 게 바로 〈신사의 품위〉의 특징이었다.

동시에 다양한 인물을 다루면서도 그 인물들의 삶과 공감대를 형성할 만한 지점을 놓치지 않는 것도 〈신사의 품위〉의 빠질 수 없는 장점이기도 했다.

'채 작가 시대가 다시 도래한 건가…….'

이전의 시간에서도 채 작가는 〈신사의 품위〉의 성공으로 본격적인 '채 작가 시대'를 열었다.

그때 당시의 드라마 팬은 어떤 내용인지, 어떤 주인공인지, 따지지도 않고 일단 채 작가의 드라마라면 일단 시청부터 하고 보던 때였다.

그럴 수밖에 없었다.

드라마를 방영하기만 하면 동시간대 시청률 1위를 휩쓸었고 숱한 화제를 낳았기 때문이었다.

그 시대의 채 작가는 절대 실패하지 않는 드라마 작가였다.

실패하지 않을 뿐만 아니라 드라마의 성공을 보장하는

보증수표라 일컬어지는 최고의 작가이기도 했다.

이런 진기록은 정호가 회귀하던 그때까지도 깨지지 않았다.

'이번 생에서는 볼 수 있을까? 그 기록이 깨지는 장면을?

하지만 이내 고개를 가로젓는 정호였다.

이번 생에서는 그 기록이 더 쉽게 깨지지 않을 거라고 생각했다.

채 작가가 정호의 사람이 되었기 때문이었다.

정말 오래 공을 들였다.

정호는 채 작가의 성공을 〈내 사랑 티라미수〉 때부터 알고 있었기 때문에 오랜 시간 가까워지기 위해 노력했지만 채 작가가 생각보다 쉽게 마음을 열지 않았다.

기본적으로 채 작가는 사람을 믿지 못하는 편이었다.

드라마 아카데미 졸업 이후, 여러 차례 계약 완료 단계지 갔던 드라마들이 전부 엎어지고 웹툰계로 넘어오는 과정에서 받은 상처가 너무나도 컸다.

비록 웹툰 〈내 사랑 티라미수〉의 성공으로 드라마계로 다시 진입했고, 이후 실패하지 않는 드라마를 여럿 방영시키는 데 성공했지만 거기까지였다.

드라마 〈내 사랑 티라미수〉가 대박을 친 이후, 한동안 이렇다 할 대단한 성과를 보이지 못했기 때문이었다.

그런 까닭에 채 작가는 평소 자신감이 없었고 계속해서 사람을 향해 쉽게 마음을 열지도 못했다.

하지만 정호의 오랜 노력이 빛을 발했다.

채 작가도 네 번째 드라마부터는 성공 행진을 이어갔기 때문에 정호를 향해 쉽게 마음을 열 수 있었다.

무엇보다 〈귀신 딸깍발이〉의 성공이 두 사람의 사이를 결정적으로 가깝게 만들었다.

채 작가에게 있어서 〈귀신 딸깍발이〉는 일종의 모험이었다.

정말 쓰고 싶은 이야기였지만 판타지적인 요소를 가미한다는 것이 최초의 시도였기 때문에 약간은 불안했던 것이었다.

〈귀신 딸깍발이〉 이후로는 다양한 드라마에서 하나의 트랜드처럼 판타지적 요소를 섞었지만 이때만 해도 그런 것이 없는 상태였다.

그래서 채 작가는 내심 걱정이 앞섰다.

'드라마를 엎어버릴까…… 이제 슬슬 성공 가도를 달리고 있는데 이런 모험을 하는 게 과연 맞을까…….'

이런 고민을 하고 있을 때 선뜻 손을 내민 사람이 바로 정호였다.

채 작가는 주기적으로 자신의 작업실을 찾는 정호에게 우연히 고민을 털어놓게 되었는데, 사람 좋은 미소를 짓던 정호가 열정적인 얼굴을 하더니 적극적으로 채 작가를 설득하기 시작했다.

"무조건 쓰세요. 그 드라마 무조건 성공합니다. 제가 여운이랑 해른이를 출연시켜서라도 꼭 그 드라마 성공시켜드릴게요."

채 작가는 정호의 표정에서 어떤 열망 비슷한 것을 발견했지만 모른 척 호호호, 웃으며 말했다.

"정말 그렇게 해줄 거예요? 나 그럼 막 쓴다?"

"쓰세요, 전 걱정 없습니다."

정호의 응원에 용기를 얻은 채 작가는 정말 〈귀신 딸깍발이〉를 썼고, 정호는 약속한 대로 강여운과 지해른을 〈귀신 딸깍발이〉에 출연시켰다.

결과는 모두가 알다시피 대흥행이었다.

덤으로 정호는 채 작가의 마음을 한발 자신에게 가져올 수 있었다.

그리고 〈신사의 품위〉를 함께하면서 채 작가는 완전히 정호의 사람이 되었다.

불패의 신화를 가진 드라마 작가가 정호에게 힘을 실어주는 순간이었다.

◇ ◆ ◇

완전히 정호의 사람이 됐다고 해서 채 작가가 청월에 합류한 것은 아니었다.

하지만 적어도 채 작가는 입버릇처럼 이런 말을 하게 됐다.

"나는 오 이사가 죽으라고 하면 죽는 시늉을 할 거야. 그런 시늉을 해도 분명 내가 쓴 드라마는 전부 성공할 테니깐."

그렇게 확실하게 정호가 채 작가의 마음을 얻고 있을 때에도 〈신사의 품위〉는 계속해서 좋은 성적을 냈다.

12화에서 벌써 25%대의 시청률에 진입했으니 별다른 말이 필요 없을 정도였다.

하지만 더욱 중요한 것은 10화부터 비중이 높아진 임지연의 활약이었다.

임지연은 김메아리 역할을 역대급으로 소화해내고 있었다.

분명 김메아리와 비슷한 역할이 지금까지 드라마계에 없었던 것이 아님에도 불구하고 임지연의 김메아리는 달랐다.

〈신사의 품위〉의 시청자로 하여금 완벽하게 드라마에 빠져들게 만들었던 것이다.

결국 임지연에 대한 촬영 현장의 호감과 놀라움은 촬영장을 벗어나 시청자에게까지 전염됐다.

[김메아리 뭐야ㄷㄷㄷㄷ]

[연기 오진다ㄷㄷㄷㄷ]

[ㅋㅋㅋㅋ1화 보고 김메아리 역할이 이상하다고 한 사람 있지 않았음?ㅋㅋㅋㅋㅋㅋㅋ]

[그랬나?ㅋㅋㅋ 그런 사람 진짜 있었으면 지금 이불킥 하고 있겠네ㅋㅋㅋ 진짜 주연급 배우들 전부 씹어 먹는다 ㅋㅋㅋㅋ]

[14화 보고는 진짜…… 계속 울었음ㅠ]

[김메아리 너무 매력적이다ㅠㅠ 내 여친이었으면ㅠㅠㅠㅠ]

[솔직히 얼굴은 그냥 그렇지 않음?ㅋㅋㅋㅋ]

[헐? 무슨 소리야ㅋㅋㅋㅋ 거울이나 보고 와라ㅋㅋㅋ]

[ㅇㅇ객관적인 척하지 말고 거울이나 보셈ㅋㅋㅋ]

[아…… 이번 드라마에서 진짜 채 작가의 신의 한 수는 김메아리의 등장이다!]

[확실히 임지연은 슈퍼 조연임…… 이번에 그걸 증명ㅎ ㅎㅎ]

[슈퍼 조연…… 말 잘 지어내네?ㅋㅋㅋ]

[근데 이번 〈신사의 품위〉는 뭔가 청월 특집 드라마 같지 않냐?ㅋㅋㅋ]

[아 생각해 보니깐 그러네ㅋㅋㅋ 강여운, 지해른이 없어서 체감을 못 했는데 조준환, 백민후, 차수준, 정서정, 임지연까지 〈신사의 품위〉의 주요 인물들은 전부 청월의 배우들이네ㅋㅋㅋㅋ]

[〈신사의 품위〉 제작사 대표가 청월 출신이라던데?ㅋㅋ ㅋㅋ]

[심지어 채 작가도 청월이랑 인연이 깊잖아ㅋㅋㅋ 〈귀신 딸깍발이〉 때도 완전 청월 자체 제작 드라마 수준ㅋㅋㅋㅋ]

[OST도 전부 청월 가수인 거 실화임?ㅋㅋㅋㅋ]

[ㅋㅋㅋㅋㅋ진짜 청월 기획 제작 드라마 아니냐?ㅋㅋㅋㅋ]

정호의 생각대로 반응이 나오고 있으니 정호로서는 만족스럽지 않을 수 없었다.

뿐만 아니라 스크롤을 내리거나 다른 기사를 확인하면 조준환, 백민후, 차수준에 대한 평가도 굉장히 좋았기 때문에 더 만족스러웠다.

게다가 임지연과 함께 청월의 기둥이 되어야 할 조연급 배우 정서정도 윤세라 역할을 훌륭하게 소화한 까닭에 극찬이 끊이지 않았다.

정호가 속으로 생각했다.

'이대로만 가자……. 이대로만…….'

물론 〈신사의 품위〉는 정호의 생각대로 이대로만 가지 않았다.

〈신사의 품위〉가 25%라는 시청률을 넘어서 마지막화 시청률 29%라는 굉장한 흥행 기록을 남기게 되었기 때문이었다.

〈신사의 품위〉의 마지막화 시청률을 전해 들은 청월의 모든 사람들이 기뻐하고 있을 때, 차수준만이 불안에 떨고 있었다.

어느 정도냐면 회사 자체적으로 실시한 '〈신사의 품위〉 성공 축하 행사' 마저도 참석하지 못할 정도였다.

차수준은 지금 청월 내부 사무실에 불을 꺼놓고 숨어 있는 중이었다.

오방민이 거칠게 다리를 떨며 조급하게 엄지손톱을 물어 뜯고 있는 차수준을 설득했다.

"수준아, 이러지 말고 나가자……. 오 이사님이 설마 무리한 소원을 빌겠어……?"

그랬다.

차수준이 불안에 떨고 있는 것은 〈신사의 품위〉의 스탠바이 전, 정호와 한 내기 때문이었다.

"수준아…… 나가자니까……."

오방민이 어깨에 손을 올리며 말했지만 차수준은 곧바로 오방민의 손길을 뿌리쳤다.

"형, 몰라요? 얼마 전에 밀키웨이 선배님들이 호들갑을 떨면서 도망친 얘기? 오 이사님은 악마예요. 분명 아무도 예상치 못한 소원을 제시하고 저를 괴롭힐 거라고요."

오방민이 재차 "아닐 거야……. 그럴 리가 없다니깐……." 하고 말하며 차수준을 설득했지만 들리지 않는 모양이었다.

"어떤 소원을 준비했을까요? 홀딱 벗겨서 여의도를 뛰어다니게 하는 거 아닐까요? 아니면 가로수길에서 '나는 어릴 적 빵셔틀이었습니다!' 하고 외치게 할까요? 아니면 밀키웨이 선배님들의 무대에서 밀키웨이 선배님들처럼 여장을 하고 춤을 추게 하는 걸까요? 아니면······."

차수준은 〈신사의 품위〉에서 놀기 좋아하고 정신 연령이 낮은 연하남, 이재록 역할을 맡아서 그런지 더 어린애 같은 생각에 빠져 있었다.

예전에는 워낙 연기력이 좋지 않은 배우라서 알 수 없었지만 연기가 늘면서 차수준의 연기 스타일은 강여운과 비슷해졌다.

강여운처럼 배역에 깊이 빠져들어 연기를 하는 스타일로 변했던 것이다.

차수준이 오방민을 올려다보며 말했다.

"형은 어떨 것 같아요? 오 이사님이 어떤 소원을 빌 것 같아요?"

그렇게 묻는데 갑자기 차수준, 오방민이 숨어 있는 사무실의 문을 똑똑, 하고 누군가 두드렸다.

차수준과 오방민이 화들짝 놀라며 자신들의 입을 양손으로 틀어막았다.

덜컥덜컥, 잠긴 문고리를 돌리는 소리가 들렸고 이어서 바깥쪽에서 묻는 목소리가 넘어왔다.

"계십니까? 계세요?"

차수준과 오방민이 목소리를 듣고 더 크게 놀랐다.

목소리의 주인공이 정호였기 때문이었다.

덜컥덜컥, 다시 잠긴 문고리 돌리는 소리가 들렸고 차수준은 다급히 오방민에게 물었다.

물론 아주 작은 소리로.

"어떻게 해요? 방법 없어요?"

오방민은 대답 없이 고개를 세차게 가로저었다.

그때 정호의 결정적인 말소리가 들려왔다.

"여기네요. 사무실 문이 여기만 잠겨 있어요."

"여길 열어드리면 되나요?"

"네, 부탁드릴게요."

달칵, 관리자가 문을 열었다.

그리고 관리자 비켜서자 그 뒤에는 정호가 서 있었다.

정호가 웃으며 말했다.

"마침 여기 계셨군요? 엄청 찾았는데……."

내내 겁에 질려 있었던 차수준은 물론이고 절대로 정호가 어떤 짓도 벌이지 않을 거라고 말했던 오방민조차도 정호의 미소를 보며 왠지 오한이 드는 듯한 느낌을 받았다.

〈6권에 계속〉